# TRÓPICO

© 2016, Idalia Villarreal Solís, sucesión de Rafael Bernal
© 2016, Jus, Libreros y Editores S. A. de C. V.
Donceles 66, Centro Histórico
C. P. 06010, Ciudad de México

*Trópico*
ISBN: 978-607-9409-54-8

Primera edición: mayo de 2016
Primera reimpresión: septiembre de 2016

Ilustraciones de cubierta e interiores: Raquel Cané
Diseño de interiores y composición: Sergi Gòdia

Impresión: Novoprint

RAFAEL BERNAL

# TRÓPICO

Jus

# PRÓLOGO

Es difícil entender que *Trópico* no pertenezca al canon literario de México o, peor aún, que su destino haya sido el olvido. Se trata, inexplicablemente, de una obra poco leída, casi desconocida, escrita por un creador heterodoxo a quien la posteridad, al parecer, sólo está dispuesta a conceder el mérito de haber «fundado» la novela negra mexicana como autor de *El complot mongol*. Suele argumentarse que la poca fortuna de su obra se debe a sus orientaciones políticas o al hecho de que residió buena parte de su vida en el extranjero, lejos de los círculos locales. Sea cual sea la razón, ésta no tiene nada que ver con sus valores literarios.

Quizás una de las estrategias más eficaces para llamar la atención sobre la obra de un autor sea, también, de índole extraliteraria: la «falacia biográfica». Una vida llena de hazañas, aventuras, desgracias, secretos o adicciones suele seducir a los lectores. Pero esa operación fetichista tampoco se ha aplicado a la figura de Rafael Bernal, pese a que existe material de sobra para ponerla en marcha. Valga la siguiente enumeración a manera de resumen: viajero empedernido, sinarquista arrepentido, católico convencido, corresponsal, guionista de cine, radio y televisión, traductor, sinofóbo, publicista, profesor, empresario teatral, diplomático, doctor *summa cum laude* (sin haberse licenciado) y autor de una obra ecléctica que incluye poesía política, narrativa telúrica, ciencia ficción, biografías, estampas asiáticas, cuentos y novelas policiacas, ensayos y, por si fuera poco, la desmesurada *El gran océano*, una peculiar biografía del Océano Pacífico contada a través de la historia de sus viajeros.

Uno de los episodios más fascinantes en la vida de Rafael Bernal daría origen, años más tarde, a los cuentos de *Trópico*: en 1933, cuando apenas tenía dieciocho años, se trasladó a Chiapas para probar suerte con el cultivo del plátano. La experiencia duraría tres años y acabaría en fracaso, pero se convertiría en la fuente de inspiración no sólo de estos cuentos, sino también de obras dramáticas, series radiofónicas y una estrambótica novela de ciencia ficción titulada *Su nombre era muerte* (Jus, 1947), donde un alcohólico que vive en la Selva Lacandona se dedica a descifrar el zumbido de los mosquitos y a planear, en alianza con ellos, el sometimiento de la raza humana.

*Trópico* se publicó originalmente en 1946, cuando Bernal tenía treinta y un años, en la misma editorial que ahora lo rescata. Sólo hay una reedición de 1990, en la colección Lecturas Mexicanas del Conaculta, hace, pues, veintiséis años (hago el recuento para subrayar el desamparo editorial que ha padecido este libro). 1946 es, por cierto, un año legendario para la tradición del cuento en español: Juan Rulfo publicó «Macario» en la revista *América* y Julio Cortázar su primer relato, «Casa tomada», en *Los anales de Buenos Aires*, que dirigía Jorge Luis Borges.

En *Trópico* encontramos seis cuentos que, más allá de su unidad temática y estilística, comparten el mismo paisaje. O, para ser exactos, que se enmarcan en los distintos ecosistemas del mismo escenario: la selva, el manglar, la sierra y la costa de Chiapas. No estamos, pues, ante una colección de relatos arbitrariamente reunidos por capricho del autor o el editor: estamos ante un libro de cuentos *comme il faut*. Cada historia agrega sentido a la anterior como un nuevo sedimento que se va acumulando en la conciencia del lector. La habitual tendencia de éste a comparar los relatos de un volumen para discernir «cuál me gusta más», «cuál es el mejor», deja de tener importancia porque el efecto acumulativo de la lectura (la experiencia estética) es más parecido al que se percibe leyendo una novela.

A juzgar por la descripción cruda y desesperanzada de la realidad chiapaneca, podría decirse que Rafael Bernal fue a Chiapas lo que Joseph Conrad fue al Congo. No son pocas las similitudes entre *El corazón de las tinieblas* y *Trópico*. Ambos textos narran un descenso a los infiernos a la manera de Dante, a un *horror* del que los personajes no pueden escapar porque están sujetos a leyes atávicas que los sobrepasan y contra las que apenas se atreven a pelear porque saben de antemano que esa lucha está condenada a la derrota. La explotación del hombre por el hombre, representada en la novela de Conrad por el colonialismo europeo, tiene su equivalente en los cuentos de Bernal, donde el mal está encarnado en las figuras del cacique chino y los finqueros alemanes (los dueños de los cafetales del Socunusco, presentes en la zona desde el porfiriato).

Al igual que Conrad, Bernal coloca a sus personajes en situaciones límite próximas al delirio o la pesadilla, oprobiosas, en las que el hombre se arrastra por el lodo de la indignidad, de la animalidad, cuando no, directamente, de la cosificación. El hombre explotado es una herramienta, o un arma, en manos de un capataz despótico e inmisericorde, ambos dominados (víctima y victimario) por las bajas pasiones y el alcohol.

Lo que distingue a Bernal es la oposición maniquea entre sierra y costa, bien y mal, pureza y podredumbre, contraste con resonancias católicas que se hace explícito en el preámbulo con que el propio autor abre el libro. Esta interpretación casi metafísica, sin embargo, es indisociable de la esfera política porque, para el Rafael Bernal de aquella época, política y religión eran la misma cosa. Su adhesión al sinarquismo en los años cuarenta está bien documentada. Dos obras, una de principios de la década y otra del final, lo confirman. En 1941 publicó *Federico Reyes el cristero*, un poema narrativo que describe el drama de quienes, a finales de los años veinte, se alzaron contra el gobierno para defender los antiguos privilegios eclesiásticos. En 1948, la novela *El fin de la esperanza*, un compendio de las barbaridades cometidas durante la Revolución Mexicana y la Guerra de los Cristeros, obra vendida de forma casi clandestina por un sello inexistente cuando la editorial que la imprimió se negó a distribuirla por temor al gobierno de Miguel Alemán, acusado de graves corrupciones en el campo y de los estragos causados durante la campaña contra la fiebre aftosa, un asunto que el sinarquismo, formado en gran medida por campesinos y ganaderos, había adoptado como bandera. Se sabe además que, a finales de la década, Bernal era secretario de finanzas de Fuerza Popular, el partido sinarquista que protagonizó más de un escándalo célebre en aquel tiempo.

No hay manera, pues, de leer *Trópico* sin vincularlo a su naturaleza política, pero ello no significa que su interés radique en lo histórico o que deba entenderse como muestra de un determinado proyecto político en una época ya superada. Bien al contrario, *Trópico* es una obra poderosamente actual. Su denuncia de la explotación y las condiciones infrahumanas en que sobrevivían los chiapanecos hace setenta años resulta todavía, por desgracia, necesaria. Es como si el carácter atemporal de estos cuentos hubiera transformado su mensaje, la falta de esperanza, en una profecía autocumplida de la que, como si se tratara de un bucle, fuese imposible salir y que podría resumirse en la lúcida y terrorífica frase con que Bernal condena a uno de los personajes: «Esclavo de un pasado infame». La emancipación, la dignidad o la salvación terrenal son inalcanzables porque las estructuras políticas, económicas, sociales o familiares han sido diseñadas para la opresión.

Pero en estos seis cuentos de manufactura impecable hay, sobre todo, una muestra de lo mejor que nos dejó el género en el siglo xx latinoamericano. Estos relatos pueden leerse a la luz de la novela telúrica o indigenista, mas en ellos también encontramos el goce oscuro y perverso de Horacio Quiroga, de sus atmósferas asfixiantes (en este caso un manglar oscuro repleto de lagartos).

Lo que activa estos cuentos es el ejercicio eficaz de la tensión narrativa mediante una simple anécdota que podría resumirse con la proposición «un hombre debe hacer algo». Un hombre debe matar a su enemigo para salvar el honor o dar sepultura a su compadre o resistirse a la domesticación o defender a un hombre bueno contra la injusticia o matar a la mujer que lo ha humillado. Ya el acto en sí (y la necesidad de ejecutarlo) nos revela el primitivismo moral de una visión del mundo y un sistema de valores. De manera significativa, el único cuento que rompe ese esquema, «Tata Cheto», el único narrado en primera persona, tiene un aire de conseja o de leyenda popular que lo acerca a la fábula, a una fábula con moraleja poco edificante. Y es justo en esta historia donde descubrimos que el maniqueísmo de Bernal surge de una atenta observación del comportamiento humano, de los usos y costumbres sociales, y que no se impone con la arbitrariedad del prejuicio, sino con la fuerza de una verdad cruda, ancestral. Como si, después de todo, las sutilezas sólo fueran la niebla que nos impide ver el paisaje con nitidez, un paisaje de contrastes fuertemente delineados donde la bondad y la maldad están claramente definidas aunque algunos se empeñen en ocultarlas. Afortunadamente, aquí tenemos de nuevo a ese Rafael Bernal que agita la mano y disipa la bruma para que podamos contemplar nuestra realidad (la realidad chiapaneca, que tan poco ha cambiado en setenta años), para que podamos vislumbrarla en todo su oscuro fulgor.

JUAN PABLO VILLALOBOS,
primavera de 2016

# TRÓPICO

# PREÁMBULO

Arenales de Tonalá, esteros de Mapastepec, pampas del Quexexapa y del Zacualpa sucio, lagunas de Zacapulco —criadoras de garzas—, montañas de Huehuetán, cacaotales del Soconusco, Suchiate manchado de sangre.

Es la costa de Chiapas, reclinada en la sierra limpia y bañada por el Pacífico majestuoso.

Arriba, los cafetales sombríos y olorosos, los caminos bordeados de tulipanes y té limón, los ríos limpios como venados entre las piedras.

Abajo, las aguas de los esteros se pudren inútilmente y la selva engendra la maldad en el corazón de los hombres. Abajo está la muerte entre los lodazales, están el oro fácil, el aguardiente y la sangre. Siempre la sangre.

Abajo reina la codicia. Ella mueve a los hombres, ella es la reina de la costa, destructora de impulsos. Porque en la selva húmeda no ha entrado la palabra de Dios ni el nombre de Cristo; y en los esteros y las pampas los hombres han arrojado a Dios de sus corazones para entregarse a la codicia, engendradora de males.

¡Costa de Chiapas! ¡Costa sin Dios y sin Cristo! Fértil esperanza de un mañana mejor.

# LA MEDIA HORA
## DE SEBASTIÁN CONSTANTINO

Sebastián Constantino entró despacio a la cantinita de madera, cuyas puertas se abrían directamente sobre el ancho platanar. Afuera, el sol pesado y lento caía sobre las hojas, tendidas para recibirlo; y al pisar el pasto verde y enroscado se sentía la vida que palpitaba dentro de la tierra, pero en la negrura agria y olorosa de la cantina se presentía la muerte.

Se estaba bañando en el río cuando le fueron a decir que el Cuarenta y Cinco había llegado a la cantina, y sin secarse se vistió aprisa y vino, acomodándose la treinta y ocho Colt mientras andaba. Entre el platanar, donde nadie lo veía, se aseguró de que la pistola estaba cargada y, al ver las ruedas brillantes de los cartuchos con su centro rojo, sintió un miedo rápido que le corría por la columna vertebral mientras su mano maquinalmente apretaba la culata reconfortante de la pistola. Sus dedos sintieron las diecisiete rajadas que había hecho con una lima de afilar machetes: cada una equivalía a un cristiano quebrado.

«Ahora —se dijo, tal vez por desvanecer completamente ese miedo que, sin quererlo, había sentido— tendré que pedirle su lima a mi compadre para hacer otra rajadita.»

Al entrar en la cantina interrumpió estas ideas, que le parecieron tontas para tal momento. En la penumbra, sus ojos, acostumbrados al sol de afuera, apenas si distinguían los bultos. Notó a un grupo sentado en el portalito de atrás y oyó risas alternadas con groserías, pero en el mostrador no había nadie; y allí se detuvo, esperando a que sus ojos se acostumbraran a la semioscuridad. Apoyando los codos y la espalda en la tabla sucia y viendo hacia afuera, los bebedores le quedaban a la izquierda; y así estaba bueno: le era fácil disparar hacia ese lado.

De atrás del mostrador surgió el cantinero:

—¿Qué vas a tomar? —preguntó maquinalmente; y luego, empinándose sobre el mostrador para que su voz insinuante y queda llegara a oídos de Sebastián, agregó—: Allí está el Cuarenta y Cinco con unos amigos.

—Déjalo —contestó Sebastián bruscamente, disgustado por el tono del viejo—. Déjalo y dame comiteco del fino.

Mientras tomaba su copa a pequeños sorbos y sentía el líquido, que le quemaba por dentro como un sol fuerte sobre la espalda combada en el trabajo, pensó que una bala debería quemar así, profundamente, a través de todo su oscuro camino, para irse a detener donde los doctores no pudieran encontrarla; y, al pensar en la bala, volvió a sentir ese miedo rápido.

De pronto pensó que nada tenía que hacer allí. ¡Qué les importaba a los peones de la plantación si el Cuarenta y Cinco estaba o no en la cantina y si había entre ellos algunos asuntillos pendientes! Todos los hombres parecían estar atentos, todos tenían ganas de sangre; y los presentía rondando en el patio de atrás, a la espera de oír los tiros y las blasfemias, apostando tal vez como en una pelea de gallos. El mismo cantinero insinuaba que allí estaba el Cuarenta y Cinco, como diciendo: «Debes matarlo».

Pero, en verdad, ¿debía matarlo? Así lo había creído siempre, así lo había anunciado mil veces. Cuando un hombre ha matado al hermano de uno, cualquiera que haya sido el motivo, uno tiene que matarlo, y más cuando se es un hombre valiente como Sebastián Constantino, que ha quebrado a diecisiete cristianos a la buena, sin contar tres madrugones de los que nadie sabe nada.

«Tengo que matarlo porque soy un hombre macho —pensó—: tengo que matarlo porque lo he prometido, porque él mató a mi hermano; y así debe ser. Pero si yo no lo hubiera encontrado, no tendría por qué matarlo; y no había ninguna necesidad de que yo lo encontrara. Pero toda la gente quiere que lo mate, todos se han puesto de acuerdo para ello, han espiado su llegada, me han ido a avisar hasta el río, me han empujado hasta la puerta como a un gallo en el palenque. El mismo cantinero, que ya está viejo y debería tener juicio para evitar que haya pleitos, quiere que lo mate. Está bien, lo mataré; pero tal vez no se lo merezca: si él mató a mi hermano, mi hermano había matado a muchos y merecía su fin. Éste tal vez no sea tan malo como lo pintan: probablemente es un hombre como yo y podría ser mi mejor amigo; y ahora puede ser un mal momento para que lo agarre la muerte.»

Le daba lástima el Cuarenta y Cinco con todo y que había matado a su hermano, con todo y su fama de matón despiadado y su enorme pistola, que le había valido el mote que llevaba como título de gloria.

Atrás del mostrador volvió a aparecer el cantinero. Le sirvió más comiteco, sin preguntarle si lo quería, y le dijo al oído:

—El Cuarenta y Cinco ya sabe que estás aquí. Está tomando aguardiente blanco.

Otra vez un miedo rápido corrió por la espalda de Sebastián Constantino. Todos querían que matara a su enemigo, y él no quería matarlo, pero, como se había creado ya una fama de hombre macho, de hombre de clase, ahora tenía que cumplir por más lástima que sintiera. Pero ¿y ese miedo que tres veces le había corrido por la espalda? Tal vez lo que sentía no era lástima por su enemigo, sino miedo por sí mismo. ¡Eso era! Tenía miedo, un miedo terrible. No quería oír el estampido de las pistolas ni sentir el olor acre de la pólvora; no quería el grito ni la sangre.

Afuera, el platanar se dibujaba tranquilo contra la pared de la sierra. Y allí quería estar Constantino, entre las matas frescas: allí debería estar si no fuera por toda esa gente que se mete en lo que no le importa. Siempre había creído que el deber de los vecinos era evitar los pleitos, pero ahora veía que no, que su gusto era provocarlos, empujar a un hombre hacia ellos para luego compadecer al muerto, atacar al triunfador, meterlo en dificultades con la policía y, de ser posible, lincharlo. Esto ya lo sabía por sus experiencias anteriores, pero nunca se había dado cuenta del inmundo papel que los vecinos desempeñaban en toda la combinación. Ahora, al comprenderlo, sintió un odio sordo contra ellos y tuvo ganas de acometer al cantinero viejo en lugar de al Cuarenta y Cinco. ¿Por qué habían de echarlo a que se matara con otro hombre cuando él prefería estar entre las matas de los platanares, viéndolas crecer, sintiendo su vida? Él amaba el campo, amaba las plantas fuertes como símbolo de la vida que nace de la tierra, de la vida que él se había acostumbrado a segar.

A través de la puerta, el platanar tranquilo y lleno de luz era una invitación para Sebastián Constantino. A punto estuvo de aceptarla. Ya había soltado cuidadosamente, para que sonara, la moneda en el mostrador; y ya iniciaba el paso hacia la puerta cuando entre el murmullo de voces se destacó clara, fría y precisa esta frase que lo detuvo:

—Hay hombres que ven la ocasión y la dejan.

La alusión era directa para él y la sintió como un latigazo que hizo que su sangre macha corriera más aprisa. Tranquilamente se volvió a apoyar en el mostrador, la mano cerca de la culata del revólver y, con voz atiplada y falsa, canturreó lo bastante fuerte para que se pudiera oír en la mesa:

—Hay hombres que andando juntos luego se sienten valientes.

Se hizo un silencio pesado, lleno de posibilidades. Sebastián, sin volverse, se dio cuenta de que todos habían entendido su intención, de que lo miraban y miraban al Cuarenta y

Cinco acechando el momento oportuno para levantarse y dejar el campo despejado.

«Tal vez ahora —pensó Sebastián— va a atacar: se adelantará, preguntará si lo provoco, habrá tres o cuatro frases ambiguas y luego los estampidos. Eso ya me ha sucedido muchas veces y siempre he salido bien.»

Esta idea lo reconfortaba como un vaso de aguardiente cuando hace frío. No había razón para que ahora le pasara algo, en esta ocasión tan especial en que la justicia estaba de su lado, en que fungía como el vengador de la muerte de su hermano; pero tampoco había razón para que no le pasara nada, y era la primera vez en su vida que sentía ese miedo rápido ante un hombre.

Sonó una botella puesta fuertemente sobre la mesa, y Sebastián pensó que ya se iba a levantar el otro, pero no pasó nada: sonaron risas y la conversación se reanudó.

«Tal vez no me estaban provocando con la frase —pensó— y no entendieron mi canción. Más vale así porque, en verdad, hoy no tengo ganas de matar; aunque haya matado a tantos, hoy no quiero: es un crimen hacerlo cuando el sol brilla tan limpio sobre la sierra y la costa, cuando los platanares ya se inclinan con el peso de la fruta, cuando apenas empieza la temporada de secas, o sea, el tiempo de vivir, de divertirse, de bailar en las ferias y cosechar el fruto de todo un año de trabajos. Decididamente, sería un crimen matar a un hombre en un día así.»

Esto pensaba Sebastián Constantino, pero en el fondo de su alma sabía que lo que sentía no era lástima por el hombre al que pretendía matar, sino miedo por sí mismo. Trataba con todas sus fuerzas de huir de esa idea del miedo, pero se le aferraba dentro y no quería dejarlo, le crecía en la garganta, lo ahogaba ya.

«Yo creo que voy a gritar», pensó, y para evitarlo tosió fuerte y escupió en el suelo; pero el platanar lo seguía atrayendo: allí quería estar, y no en la cantina sucia, con la muerte enfrente; allí debería estar si no fuera por los malditos vecinos, que siempre andan con sus chismes.

De pronto recordó que él se merecía todo esto, que él mismo se lo había buscado. Si los vecinos le avisaban que allí estaba su enemigo era porque él los había acostumbrado a considerarlo un hombre que se parte el alma con cualquiera, y más con el asesino de su hermano, a quien siempre, según contaba, había perseguido y que siempre le huía. Luego los vecinos habían hecho bien en avisarle; pero el Cuarenta y Cinco... ¿para qué habría venido sabiendo que allí vivía él? Debería matarlo sólo por haber venido.

De la mesa saltó otra frase:

—¡Hay gallos que nomás andan picoteando y nunca se deciden a saltar!

Y tras esa frase volvió el silencio duro, expectante.

Sebastián quiso contestar algo, pero, por primera vez en su vida, no encontró la frase oportuna. El silencio le pesaba, lo impulsaba a contestar, pero no encontraba las palabras, temía que la voz le temblara y, agachando la cabeza, calló como si no hubiera oído.

Lo único que quería era irse afuera, al aire abierto del platanar: lo que allí le pasara no había de ser tan terrible. Tal vez pudiera hacerlo: en dos pasos se pondría fuera de la cantina, cerraría la puerta de un empujón y se refugiaría en el platanar. Antes que lo alcanzara un tiro ya se habría perdido de vista y habría encontrado la vida. Pero Sebastián Constantino llevaba a cuestas su orgullo: él era un macho ante todo y nunca se había cuarteado a la hora de matarse con alguien; pero jamás había sentido miedo y ahora sí lo sentía; sabía que éste era su último pleito y no quería morirse. Había visto a tantos: cómo se quedaban con las piernas encogidas dentro del calzón blanco, la mirada desorbitada en los ojos opacos y las manos crispadas; había visto eso de cerca muchas veces y, por eso mismo, no quería pasarlo; pero sabía que ahora le tocaba a él y que no había nada que lo pudiera impedir.

Trató de alejar estos pensamientos, pues si se ponía nervioso la cosa iba a ser mucho peor; así que más valía pensar en algo muy distinto: dejó que sus ideas vagaran libremente mientras observaba de reojo los movimientos de su enemigo.

De pronto se dio cuenta de que sus ideas se habían fijado en algo muy lejano que se le había olvidado totalmente o, por mejor decir, que no había recordado nunca. Aquello sucedió una noche, cuando la Revolución. Él era apenas un niño y vivía con su madre en una casita a la orilla del camino. Faltaba poco para el amanecer cuando alguien tocó fuertemente en la puerta; su madre le tapó la boca y no contestó nada, y él sintió un miedo terrible en la espalda. Volvieron a tocar en la puerta y él quiso gritar, pero la mano de su madre se lo impedía. No volvieron a oír nada, pero hasta que los gallos anunciaron el alba estuvo temblando.

¿Por qué le había nacido este recuerdo? No entendía el porqué y no quería pensar en esas cosas, que le parecían tontas en un momento de tanto peligro. Más valía olvidarlas y ocuparse en vigilar al contrario.

Otra vez sus ideas, sin que él pudiera controlarlas, se volvieron a fijar en un punto sin importancia de su vida. Una noche, en tiempo de aguas, atravesaba un río a caballo. Claramente veía aún ahora la silueta de los dos macizos de selva encañonando la corriente y sentía el agua gemir abajo. Recordaba cómo al entrar al río había botado su cigarrillo a medio consumir y el chasquido que éste había hecho al apagarse en el agua. Cuando estaba casi en la mitad de la corriente sintió que su caballo se atoraba, que la corriente era más poderosa que él y que se lo iba a llevar. En ese momento se oyó, cercano, el grito doloroso del tigrillo, como el grito de una mujer en parto. Entonces sintió un miedo terrible que le corría por la espalda. El caballo volvió a pisar en firme y aquello no tuvo importancia.

Cuando se dio cuenta de que pensaba en esto se enojó consigo mismo. De nada le servían esos recuerdos inútiles que nunca había tenido hasta ahora y que se le representaban con tanta claridad, como cosas dignas de retenerse en la memoria. Más lógico fuera, en tales momentos, pensar en los hombres que había matado, y trató de hacer una lista de ellos.

El primero fue aquel muchacho empleado de la estación que le floreó a la hembra. Casi no se cruzaron palabras y de un tiro lo dejó seco sin sentir nada especial: sólo tal vez cierto orgullo al saberse macho, digno de alternar con cualquiera. Después, ese mismo año, se quebró al alemancito que lo provocó estando borracho. Ésa fue la primera muerte que hizo a sangre fría después de muchas frases ambiguas; y esa muerte le inspiró asco cuando el alemán, al caer, revolvió su sangre limpia con vómito. Trató de pensar en el tercero, pero le surgió otro recuerdo. Un día, atravesando el río de Huixtla, sobre el puente del ferrocarril, oyó el silbato de la máquina que venía a toda prisa, se volvió y la vio aparecer en la curva con su penacho de humo blanquecino. Aún ahora recordaba el número pintado en blanco al frente, sobre la farola negra: el 1004. Cuando vio hacia adelante todo lo largo del puente, sintió un miedo terrible y maquinalmente echó mano a la pistola sin saber para qué la iba a necesitar, pero la máquina se detuvo en la toma de agua y aquello fue un incidente sin importancia.

«¡Maldita sea mi suerte! —pensó casi en voz alta—. ¿Por qué me vendrán estos recuerdos tan tontos, tan olvidados ya? Mejor seguiré pensando en los que he quebrado y eso me dará valor.»

De la mesa surgió otra frase:

—Un toro caviló tanto su embestida que por fin corrió.

Sebastián tampoco pudo contestar. «Ojalá y me atacara pronto —pensó— y no se ande con más frases.»

Pero el Cuarenta y Cinco no tenía ganas de apurarse, y Sebastián, sin verlo, sabía que aquél platicaba despreocupado con sus amigos, con la calma del hombre que está seguro de lo que va a hacer y de que ese hecho no representa para él ningún peligro.

«Si él se cree seguro —pensó Sebastián—, es que confía en que me va a matar. Sí, me va a matar, y éste es el último pleito, la última hombrada que hago.» De pronto, los ojos se le fijaron en las manos que le temblaban ligeramente, y le parecieron las manos de otro hombre. A él, a Sebastián Constantino, nunca le habían temblado las manos, como tampoco nunca le había temblado la voz, ahora temblorosa como un venadito agazapado en su garganta. Eso era miedo, y la sola idea lo llenó de pánico. Más le valía volver a pensar en los que había quebrado y asegurarse así de que ahora, como tantas otras veces, no le pasaría nada. Volvió a recorrer la lista: el muchacho de la estación, el alemancito borracho, el cabo que quiso impedir una partida de gallos, el...

Cuando se dio cuenta ya estaba rezando en lo más hondo de su alma con palabras que creía olvidadas y que ahora recordaba claramente. No le pedía a Dios que lo librara de morir: pedía solamente que el Cuarenta y Cinco se apurara, que se levantara ya de la mesa antes que él, Sebastián Constantino, saliera huyendo deshonrado. Un hombre de clase no puede huir nunca. Esta frase se la repitió y se la repitió hasta que perdió el sentido; pero sus piernas se movían, querían llevarlo a la seguridad intrincada del platanar, ansiaban la carrera, y él no sabía si podría contenerlas.

Entonces se le ocurrió que tal vez él pudiera provocar. Eso es lo que debía hacer: acercarse a la mesa lentamente, empujar una o dos sillas llevando los ojos clavados en los del Cuarenta y Cinco y la mano sobre la culata de la pistola. Ya junto a la mesa diría una de esas frases que lo habían hecho célebre, que se repetían por toda la costa. Entonces, el otro se levantaría, los amigos se echarían atrás y sonarían los disparos. Esto era lo que había que hacer, aunque él fuera el muerto. Si se tardaba un poco iba a salir corriendo, y más valía provocar luego y quitarse de tantas angustias.

Ahora comprendía el miedo de aquel muchacho cuando se preparaba a combatir. Aquel día no lo comprendió y le pareció ridículo, le dio rabia ver que un hombre, joven aún y fuerte, tuviera tanto miedo. Claramente veía ahora la frente sudada, las manos pálidas y húmedas, la mirada atónita de aquel muchacho que él lanzó a la muerte por una cuestión tonta de palabras.

Pero ¿por qué en ese momento habían de venirle esos recuerdos? Ya estaba decidido a provocar, y lo mejor era adelantarse lo más pronto posible y acabar de una vez, pero sus piernas no avanzaban: temía que el temblor de la voz delatara su miedo.

La del cantinero le sonó al oído:

—Ya el Cuarenta y Cinco está muy borracho.

Ése era el momento oportuno. A la próxima frase iría a la mesa y, si le temblaba la voz, bastaría con barrer de un manotazo las copas que estaban encima.

La frase salió dura y cortante en un silencio:

—Hay toros que escarban y escarban y luego… ¡nada!

Ése era el momento. Pensó su frase, que debería ser algo así: «Pierda cuidado, amigo: cuando ojeo un venado, no se me va».

Ésa era una buena frase; y había que decirla, o decir algo mejor aún. Ya la tenía preparada; sabía cómo iba a pronunciarla; ya iba a adelantar un pie, pero algo lo retuvo apoyado en el mostrador; y allí quedó, la cabeza agachada, sin poder moverse. La risa del Cuarenta y Cinco, cuando renació la charla, sonó bronca y recia.

—Virgen Santísima —rezaba Sebastián Constantino—, no me quiero morir.

Ahora ya no tenía miedo a su miedo: tenía miedo a la muerte, al chorro de sangre, a las detonaciones, a las piernas encogidas.

«Hay que madrugar a éste —pensó—, hay que madrugarlo sin provocación.» La frase se le quedó pegada en la garganta como una tos mala. Un macho no madruga nunca, por lo menos en público: se mata frente a frente, en el momento debido, con la frase picante en los labios. Pero él ya no podía hacer eso: el miedo se le había metido dentro y ya no era un macho que juega con la muerte: ahora era un vulgar cachuco traicionero que sabe acechar la ocasión y aprovecharla. No le quedaba más remedio que ése: matar a la mala, de madrugón.

Tratando de no hacer ruido, de no moverse casi, sabiéndose observado, sin ver a su enemigo, fue sacando poco a poco la treinta y ocho Colt. Sintió las diecisiete rajadas, el metal frío; pensó en los cartuchos brillantes con sus centros rojos. Teniendo ya casi toda la pistola fuera, se volvió rápidamente; pero no llegó a disparar:

Al Cuarenta y Cinco no lo madruga nadie.

# EL COMPADRE SANTIAGO

Nadie supo cuándo murió Santiago. Flora, su mujer, estaba arrodillada frente a la Virgen, y el compadre Daniel, sentado en la puerta de la choza de palma, tomaba aguardiente y esperaba. Los dos sabían que Santiago iba a morirse: ya no hay remedio para un hombre que no tiene voluntad de vivir; y Santiago, desde que un lagarto le mascó una pierna, la había perdido.

Nadie se dio cuenta de que Santiago estaba muerto: desde hacía veinticuatro horas no se quejaba para nada y reposaba inmóvil en la manta manchada de sangre y pus, así que ya todos se habían acostumbrado a esa quietud, y solamente por la respiración lenta y angustiada y por un vago ronquido en la garganta sabían que aún existía vida en aquel cuerpo. Afuera, en la noche caída sobre el estero, el silencio palpitaba dividido en mil murmullos que no llegaban a formar un ruido.

De pronto, cuando el perro de Santiago volvió después de vagar en busca de comida, y levantó su aullido, Daniel, que conocía a la muerte, comprendió. Sin hacer ruido entró en la choza y tendió una sábana sobre el cadáver como si tendiera un silencio eterno. Pensó en avisarle a Flora, pero ésta seguía orando, toda su fe puesta en un milagro que había de salvarle al hombre. Así que volvió a sentarse en la puerta.

En los canales, rotos por las estrellas y la luz de la luna, se dibujaban mil contornos tan engañosos como el silencio. Las canoas varadas en la playa parecían también muertas, y las palmas, en ausencia de aire, tenían esa inmovilidad irreal de las estatuas. A lo lejos, el mar pretendía romper el silencio y sólo lograba acentuarlo con su murmullo terco.

Daniel suspiró, libre ya del peso de la muerte bajo el que había vivido tres días. Ahora, frente a frente con ella, no sabía si llorar o alegrarse. Santiago había sido su compañero durante muchos años de pescas fatigadoras, de cacerías llenas de peligros y búsquedas de pluma de garza; lo había velado en las noches de calenturas, le había prestado dinero para mil apuros y le había salvado la vida matando al hombre aquel. Santiago había sido su amigo, el único que tuvo en su vida, ya que nunca conoció a su padre, ave de paso en el pueblo; y su madre, desde que él se acordaba, vivía con otro hombre. Por esto mismo no sabía si llorar o alegrarse; llorar por su propia suerte, solo de nuevo en el mundo maloliente del estero, sin amigo que lo ayude en las necesidades, que lo defienda, sin compañero para las cargas de la pesca o la caza. Tal vez fuera más justo alegrarse, porque Santiago estaría ya a salvo de los soles que queman hasta el alma, de las noches cubiertas de moscos, de los piquetes de las rayas, de las injurias y robos del chino...

Al recordar al chino, Daniel detuvo el vuelo de sus ideas. Éste le había ordenado que le avisara cuando Santiago muriera para recoger su carabina y su atarraya; y no se le podía desobedecer. Era el dueño absoluto de todo lo que había en el pueblo, desde las canoas hasta la vida de los hombres; y, sin su ayuda, caramente pagada, nada se podría allí, no le quedaría a uno más que morirse de hambre o calenturas en un rincón que le hubieran prestado por caridad.

Daniel encontró al chino tirado en la hamaca del portalito de su casa, ya que no le picaban los moscos ni le temía a ningún animal. Como precaución contra los hombres que había esclavizado llevaba siempre la pistola preparada y vigilaban su sueño dos perros, que eran los más bravos del pueblo. Al ladrar de éstos se levantó y, viendo a Daniel, que se había detenido fuera del portal, lo llamó y le dijo:

—¿Ya está muerto ése?

Daniel se acercó a la hamaca y asintió con la cabeza.

—Entonces —prosiguió el chino— tráete la carabina y la atarraya con todos los cartuchos. Deben ser doce, y que no vaya a faltar ninguno. Tráelo todo, que, si no, se empiezan a perder las cosas.

—Tal vez fuera mejor esperar hasta mañana —opinó Daniel tímidamente—. Mi comadre Flora aún no sabe que el compadre es difunto y...

—Tráelas ahora mismo y no andes alegando —dijo el chino levantándose—. Acuérdate que podría quitarte la canoa cuando quisiera o mandarte a la costa...

Daniel agachó la cabeza y se alejó hacia la casa de su compadre Santiago. Flora seguía rezando sin haber visto aún el cadáver, que se recortaba blanco contra la pared de palma. Daniel se acercó a ella y, tocándole el hombro, le dijo:

—Comadre, vengo por la carabina y la atarraya: el chino las quiere luego.

Siglos de sufrimientos habían tatuado las arrugas de la cara de Flora. Ante la voz de Daniel, los ojos apagados y secos de ella recorrieron todo el cuarto hasta posarse sobre el cadáver; y entonces sus gritos rompieron el silencio mientras el alba tajaba las tinieblas.

El chino guardó cuidadosamente la carabina y la atarraya que Daniel le entregó. Sus manos amarillas y delgadas recorrieron todos los tornillos y todas las mallas, revisaron uno por uno los cartuchos y, cuando vio que todo estaba completo, se volvió hacia Daniel.

—Santiago era tonto y por eso se murió. Mil veces le dije que no fuera a ese canal donde había demasiado lagarto; pero él quería dinero para mandar a su mujer a la costa, y antes de mandarla tenía que pagarme sus deudas. Si se hubiese conformado con lo que ganan todos no le habría pasado nada y habría sido mi amigo, pero era muy levantisco y quería mandar.

De no ser tan buen tirador, ¡desde cuándo lo hubiera yo corrido para que en la costa lo agarrara la policía por la muerte de ésa! Decididamente era tonto y, además, sinvergüenza: su vida podía arriesgarla cuanto quisiera, pero no tenía derecho de arriesgar mi carabina y mi canoa, que, de perderse en el accidente, no hubiera tenido con qué pagarlas.

—Pero —interrumpió Daniel— él traía más pieles y más plumas que ningún otro y usted apenas si le pagaba. Además, no es bueno hablar de los muertos, que ya están juzgados de Dios.

Los dos hombres se quedaron en silencio, Daniel miedoso y avergonzado por lo que se había atrevido a decir, y el chino, que, viéndolo, sonreía con su mueca sucia. Por fin dijo:

—Tú eres tonto también. Si quisieras, podrías ser mi ayudante y vigilar a tus compañeros para que no vendan a otros las pieles que cobran con mis cartuchos. Yo sé que muchos suben por el río de noche y las venden en la costa, y yo con eso pierdo. Te pagaría bien…

—Una vez —interrumpió Daniel hablando lentamente— le propuso eso mismo a mi compadre Santiago y él por poco lo mata. Yo debería hacer lo mismo ahora. Bastante nos ha robado ya, ¡y pretende que le ayude a explotar a mis compañeros!

El chino detuvo a Daniel. Su mano sobre el bíceps desnudo era seca y caliente como una piedra al sol.

—Acuérdate que aún me debes veinte pesos y que no me gustan los hombres como tú y como Santiago; así que, si para mañana no me has pagado, te quitaré la canoa y te correré del pueblo. Veremos si tierra adentro no te agarra la policía por lo de aquella muerte.

Daniel bajó la cabeza ante la mirada del chino.

—Está bien —dijo—: buscaré la forma de pagarle con pieles de lagarto, pero fíeme cartuchos, porque no tengo más que diez y…

—Ahí está la cosa —el chino reía irónicamente—. Ya no te fío cartuchos y te pagaré las pieles a dos pesos cada una. Tú dices que eres buen tirador y éste es el momento de que lo demuestres trayéndome diez pieles con diez cartuchos. Por lo pronto toma una canoa y ve a echar el cadáver a la barra. Aquí no hay tierra bastante para enterrar muertos.

Cuando Daniel regresó a casa de Santiago, Flora lloraba arrodillada junto al cadáver desnudo. Habían llegado unos hombres y lo habían despojado de toda su ropa alegando que más les servía a ellos que a un muerto. Se llevaron hasta la sábana manchada; y uno de los solteros había escogido a Flora como mujer para cuando pasaran los nueve días. Daniel buscó entre sus cosas unos pantalones que le puso al cadáver, y él y Flora lo sacaron y lo tendieron en la canoa. Las mujeres que lavaban en el canal o secaban pescado en la playa no dieron señal ninguna de apenarse ante el espectáculo, y sólo una de ellas hizo la señal de la cruz. Mientras Daniel empujaba la canoa para que flotara en el agua más honda, Flora cubrió el cadáver con hojas de palma.

—Compadre —le dijo en voz baja—, no lo tire a la barra como si fuera un perro. Llévelo al playón chico y entiérrelo allí como a un cristiano. ¡Acuérdese que fue su amigo!

Daniel asintió con la cabeza, acomodó la carabina y, tomando el remo, se alejó de la playa. Todavía alcanzó a oír la voz de Flora, que le gritaba:

—¡Compadre, póngale una cruz encima!

A pesar de la sombra de la hoja de palma, cuando el sol marcó el mediodía el cadáver apestaba ya. Daniel sabía que era imposible llegar al playón antes del oscurecer y a nadie le agrada el pasear con muertos por las noches en los canales solitarios. Por un momento tuvo la idea de tirarlo allí mismo e irse en busca de lagartos; y hasta detuvo la canoa, amarrándola al mangle, pero volvieron a sonar en sus oídos los gritos de

33

Flora: «¡Entiérrelo como a un cristiano! ¡Acuérdese que fue su amigo!».

«Si yo fuera el muerto —pensó—, Santiago seguramente me hubiera sepultado como a un cristiano: solamente a los perros se los tira a los canales para que se los coman los lagartos. No, el compadre Santiago reposará en tierra, en una fosa y con su cruz encima para que no lo puedan desenterrar los animales.»

Con el machete cortó dos ramas rectas de mangle rojizo y, formando con ellas una cruz, la puso sobre el cadáver. Luego encendió el mechero de petróleo y lo puso en la proa. Así, Santiago iría a la tumba con una cruz y cirios, como un cristiano.

Hay ocasiones en que un hombre desea ardientemente la muerte, pero cuando la tiene enfrente, fraguada en el cadáver de un amigo, piensa que la vida, aunque sea en los esteros, tiene algo que atrae. Daniel empezó a recordar todos sus gustos y alegrías, y ante ellos se fueron borrando las tragedias, los horrores y las mil muertes a través de las cuales había vivido. La vida tiene sus gustos: quería a su mujer, que era la compañera ideal para la existencia que llevaban: dura en el trabajo, sin quejarse nunca, sin pedir nunca nada, siempre amable con él. También había cierto gusto en matar un lagarto y demostrar el dominio de la inteligencia del hombre sobre la fuerza del animal. Verlo coletear herido de muerte por una bala puesta entre los ojos era algo así como una venganza magnífica, plenamente realizada. Cada dos o tres meses, cuando se había juntado algo de dinero, ¡qué bien caía el aguardiente tomado en el fresco de las palmas con los amigos! «Decididamente —pensó Daniel—, la vida tiene algo que me gusta: aunque sea aquí en los esteros, más vale ir remando en la canoa bajo el peso del sol que ir muerto dentro de ella. Con todo y las constantes amenazas del chino, sus injurias, la explotación de que nos hace víctimas, la vida tiene algo...»

Remaba aprisa, cambiando de lado el remo frecuentemente para no cansarse, pero, con todo y eso, la canoa le parecía cada vez más pesada, el sol más duro sobre las espaldas combadas y el olor del cadáver más angustioso en la garganta. «El chino sin duda alguna era malo —siguió pensando—, y lo mejor sería matarlo, pero ¿quién se atrevería a hacerlo?» En una ocasión, un hombre quiso madrugar al chino cuando éste se hallaba ocupado pesando la pluma, pero el chino siente todo lo que pasa a su alrededor y dispara más aprisa que nadie; así que el hombre aquel fue comida para los lagartos. Desde entonces nadie se atrevería ni a pensar en la muerte del chino. Como decía la mujer de Daniel, lo mejor era pagarle y ser su amigo, sobre todo ahora que Santiago ya no estaba allí para sacarlo de apuros. Por ejemplo, en esta dificultad, Santiago le hubiera dado cartuchos o lo hubiera ayudado en la caza hasta lograr las pieles necesarias con que satisfacer al chino. Con diez cartuchos era muy difícil matar los diez lagartos necesarios; y un tiro errado y morirse de hambre era todo uno. Ya se imaginaba la escena: la había visto tantas veces cuando les sucedía a otros que era fácil imaginarla. El chino le recogería la carabina y le quitaría todas sus cosas a cambio de la deuda. Ya así, viviría quince o veinte días de la caridad de sus compañeros hasta que todos se aburrieran o, temerosos de las represalias del chino, se negaran a ayudarlo más. Entonces tendría que irse a la costa en la canoa que iba a entregar las pieles, si buenamente lo querían llevar en ella; y en la costa estarían la policía y los familiares del difunto aquel. Además, tendría que dejar a su mujer, pues el chino no la dejaría ir hasta que saldara su deuda particular y la de su marido; y la mujer estaba encinta de su primer hijo; y ese hijo vagaría, cuando apenas pudiera andar, por el caserío miserable buscando su comida entre los desperdicios del pescado, bajo los azotes de un padrastro brutal. Cuando hombre sería cazador y pescador explotado por

35

el chino o cualquier otro que viniera a reemplazarlo y, más tarde, sería comida de lagartos. Desde niño estaría pidiendo a gritos la muerte, no tendría más ilusión que ésa.

Resueltamente era mejor pagarle al chino consiguiendo las pieles de cualquier manera y, luego, seguir trabajando para juntar dinero con que hacerle un porvenir al hijo que estaba por nacer. Para eso habría que dejar las borracheras, único consuelo en la vida, y consentirle todas sus brutalidades al chino, tal vez convertirse en su capataz. Pero antes que nada había que pagarle sus veinte pesos y para eso necesitaba las pieles. Imaginó todas las trampas que conocía para agarrar lagartos y todas le parecieron demasiado problemáticas o demasiado complicadas. Lo único factible era aguardar en un playón con una buena carnada.

Ya los loros emprendían su viaje a los nidos y las garzas se deslizaban hasta los árboles cuando Daniel llegó al playón que buscaba, sobre el que dormía un lagarto. Detuvo la canoa silenciosamente, preparó la carabina y su tiro fue certero. Cuando desembarcó, la arena estaba empapada en sangre y el animal daba sus últimos coletazos. Inmediatamente le quitó el pellejo y echó el cuerpo blanquizco al agua, donde se juntaron otros caimanes; y, entre un remolino de cabezas y colas, desapareció todo. Daniel pensó en disparar sobre el montón de lagartos, pero el peligro de errar el tiro le detuvo el dedo ya inclinado sobre el gatillo.

El sol cayó al mar entre una gloria de nubes sangrientas, vuelos de garzas y gritos de loros, y apareció la luna gigantesca del trópico como un globo lento y amarillo.

El cadáver de Santiago olía cada vez más y, cuando Daniel lo arrastró sobre la arena, la pierna destrozada por el caimán dejó un rastro húmedo de carne podrida. No es fácil cavar una fosa en la arena dura de un playón cuando por toda herramienta se tiene un machete, así que, después de grandes esfuerzos,

36

Daniel se contentó con un pequeño agujero en el que depositó el cadáver tapándole primero la cara con un trapo; luego lo cubrió de arena, hizo encima un montón grande, que apisonó con los pies, y en él clavó la cruz de mangle. Cuando acabó, ya la luna se reflejaba en los canales cubiertos de niebla y silencio.

«Han de ser las nueve —pensó—, y sería bueno que me fuera.» Pero le daba cierta lástima abandonar así a su amigo. Se quedaría un rato junto a la tumba para acompañarlo; y tal vez un lagarto llegara a ponerse a tiro.

Daniel no era más que un montón de barro junto al montón de arena. Inmóvil, la carabina entre las piernas, dejaba correr el tiempo y pensaba en su amigo muerto. Tal vez su alma no estuviera en los infiernos por más que todos aseguraran que el hombre del estero, por su mala vida, se condena irremediablemente en la muerte. Pero Santiago había sufrido mucho y Dios, si es que Dios se ocupa aún de esos hombres, lo perdonaría mandando su espíritu a algún lugar fresco y sombrío mientras el cuerpo inútil se pudría bajo el montón de arena.

Un movimiento brusco del agua junto a la canoa interrumpió los pensamientos de Daniel y a poco apareció la cabeza de un lagarto que oteaba el playón. De seguro olió el rastro que había dejado el cadáver y rápidamente se encaramó sobre la arena dirigiéndose hacia la tumba. Daniel, inmóvil, esperó hasta tenerlo cerca, levantó la carabina, apuntó con mucho cuidado y disparó. El lagarto se estremeció, agitó furiosamente la cola unos instantes y quedó inmóvil. Por algo Daniel tenía fama de ser uno de los mejores tiradores en el estero.

Cuando acabó de despojar al caimán de su piel, Daniel ya estaba resuelto a pasar la noche en el playón, junto al sepulcro, esperando a que surgieran más caimanes atraídos por el olor de la carne podrida. Guardó la piel en la canoa y se sentó a esperar.

«La suerte —pensó— me ayuda, pues he matado dos lagartos sin errar un solo tiro. Si la cosa sigue así, lograré pagarle al chino y llevar a cabo mis otros proyectos. Entonces mi hijo no será lo que yo he sido, esclavo de un pasado infame, anclado sin remedio entre la inmundicia de los canales, sin más esperanza que la muerte y sin otra ilusión que la borrachera sórdida.»

La luna remontó por el cielo hasta quedar suspendida sobre el agua de los canales e inició su viaje al mar, y ningún lagarto apareció sobre el playón. Daniel esperaba inmóvil, pero poco a poco la angustia le iba secando la boca y anudando la garganta al ver, dos o tres veces, cómo se asomaban los lagartos, olfateaban el aire y se volvían a sumir.

«Dentro de unas horas —pensó— va a amanecer y ya será inútil esperar más: tendré que volver al pueblo, entregarlo todo al chino y marcharme adonde sea para no morir de hambre. Quizá pueda atravesar la costa y meterme en la sierra, donde nadie me conoce, para empezar una nueva vida. Por un momento tuvo la ilusión de haber encontrado un camino, una esperanza; pero la imagen de su hijo condenado a vivir eternamente en los esteros lo hizo titubear. ¡Qué culpa tenía Daniel de eso! Después de todo, un hombre debe defenderse como pueda; y los padres no tienen la obligación de dejar todo arreglado para que la vida de sus hijos sea fácil. La madre se juntaría con otro y así solucionaría su vida, encargándose a la vez del niño. ¿Que éste iba a sufrir? Sin duda ninguna, pero él también había sufrido: todos los hombres sufren y sólo así aprenden a defenderse. No le podría pasar cosa peor que morirse y esto no era tan terrible como la vida.

Pero de pronto le surgió la idea pavorosa. ¡Si en lugar de un hombre fuera una mujer! A Daniel nunca se le había ocurrido eso, pues ¿cómo se va uno a imaginar que del estero pueda surgir la vida de una niña? Bien está el dar la vida a un hombre que se pueda defender con el tiempo, pero lanzar a una niña a la vida del estero es un crimen para el cual seguramente no hay perdón. Antes que cumpla los doce años, un hombre cualquiera ya la habrá hecho suya por la fuerza sin que haya conocido el amor de una adolescencia imposible. A los veinte años sería una vieja de cara arrugada, como Flora, sin ilusiones ni gustos, un animal de trabajo; y a los treinta, cuando ningún hombre quisiera ya nada de ella, no le quedaría más que morir de paludismo en un rincón, si no la ha matado antes un hombre celoso o demasiado ardiente.

Ante estos pensamientos volvió a nacer la angustia de Daniel. No podía fugarse, no podía morirse siquiera: tenía la obligación de vivir para proteger aquello que su mujer llevaba en el vientre; tenía que ganar dinero para mandarlo a la costa o a la sierra, lejos de toda esa inmundicia. ¡Si el compadre Santiago viviera! Pero el compadre Santiago no era más que un montón ridículo de arena, inútil ya para todos.

Los lagartos habían desaparecido y Daniel comprendió que ya no sentían el olor de la carne podrida y que necesitaba una carnada buena. La idea cruzó por sus ojos como un relámpago y, sin querer, le nació un grito angustioso. Como un loco corrió rumbo a su canoa, soltó la cuerda e iba a saltar cuando vio la imagen de eso que su mujer llevaba en las entrañas.

De una patada desbarató la cruz de mangle, con las uñas escarbó en la arena. No sintió el olor terrible del cadáver al ser arrastrado por el playón, y sus dedos en el gatillo eran como garras de acero.

La tarde lo encontró en los canales, la canoa pesada de pieles de lagarto. De vez en cuando musitaba:

—Lo enterré, le puse una cruz encima...

# LUPE

El chino venía contento de sus negocios. Todo lo que había hecho en Huixtla le había resultado a pedir de boca y, además, por treinta miserables pesos que le había pagado al alcaide de la cárcel había conseguido a Lupe para que trabajara en Las Palmas, y Lupe era el muchacho más fuerte, más tonto y más dócil que se había encontrado. Por eso el chino venía contento y asomaba entre sus dientes amarillos una sonrisa como agua sucia que sale del albañal. «Dominar hombres así —pensaba— es un juego de niños. Los hombres fuertes son los que más fácilmente se rompen, y sobre todo son tontos como este muchacho. La inversión ha sido buena y, considerando las calenturas y la mala alimentación, tengo trabajador para unos veinte años.»

Mientras tanto, Lupe, sentado en la alta popa, remaba con todas sus fuerzas y reía como un niño correteado al ver los esfuerzos inútiles de las otras canoas que pretendían alcanzarlo.

Con el peso del sol, los demás remeros aflojaron las manos sobre el cabo de sus palas y tomaron un ritmo más lento. Solamente Lupe, las manos soldadas al remo, parecía tener cada vez más fuerza en sus brazos de guanacaste, rápidos como pistones. Y es que Lupe era joven, era fuerte y quería causarle una buena impresión al chino que lo sacó de la cárcel y le dio trabajo. Cierto es que no se había hablado de salarios, pero el chino era un hombre bueno y seguramente la paga sería aceptable. Con eso podría ahorrar para volver a su tierra, allá en las orillas montañosas del limpio Grijalva, donde aún vivían su madre y sus hermanos apacentando las borregas y las vacas.

«Decididamente —pensó Lupe—, nunca debí dejar esa vida apacible de ganadero y remador en el río bronco y puro como el aire de la montaña.» Pero Lupe tenía la misma alma aventurera de su padre, que se fue a la bola y nunca regresó, y esa alma lo llevó a la costa cuando apenas tenía dieciséis años. Uno llevaba trabajando en los hulares y no conocía aún bien a los hombres y sus mañas cuando, un buen día, se le atravesó un compañero de trabajo. Allá en la sierra no se admiten los insultos, y los brazos de Lupe eran más ágiles que su cerebro. Cuando sintió en el puño el choque de la cabeza del otro, sus pulmones se llenaron de aire y quiso gritar de gozo ante el honor vengado, pero el otro yacía en tierra, inmóvil, con la nuca rota.

El juez le dijo que era demasiado fuerte para andar suelto y que lo condenaba a diez años de cárcel para que en el encierro perdiera algo de su fuerza. Lupe no supo defenderse y solamente pidió que le mandaran avisar a su madre, pero nadie quiso ir hasta la sierra en su busca, y Lupe, que no sabía escribir, se quedó en la cárcel sin comunicarse con su gente. Un día, estando muy aburrido en su ociosidad, arrancó de un jalón la puerta de su celda y se hizo una mesa con ella. El juez, creyendo que Lupe pensaba fugarse, le dobló la condena. Desde ese día, Lupe estuvo sentado en su rincón sin hablar con nadie, llorando unas veces, rezando otras.

Algunas noches llegaban a su celda otros presos: borrachos, asesinos, ladrones vulgares que, al ver al hércules silencioso y agazapado en un rincón, se llenaban de miedo, guardaban sus bromas inmundas y pedían que los pasaran a otra celda. Un día le metieron a un ladrón, y en la noche hablaron. El ladrón era tuerto, cacarizo y, desde el primer instante, le chocó a Lupe; pero éste, sabiendo que hay que aguantar en silencio los defectos de los demás, nada dijo; y, cuando el otro le empezó a hablar, puso cara de atención y le contestó correctamente. El ladrón contó gran parte de su historia, relató la habilidad que había tenido en sus fechorías y la mala fe del juez que lo había condenado a una sentencia demasiado larga. Lupe lo compadeció y admiró debidamente y ofreció ayudarle en lo que quisiera. El ladrón, sin hacer mayor caso de la oferta, siguió hablando de sus cosas hasta que llegó a la infancia.

La noche ya había avanzado mucho y por la reja se descolgaban los luceros claros y penetrantes como ojos de mujer buena mientras las ratas correteaban de lado a lado de la celda, afanando en sus nocturnos quehaceres, y las chinches y los piojos salían de entre las tablas y cobijas en busca de su acostumbrada cena. Lupe, poco a poco, fue perdiendo la conversación de su compañero y empezó a vagar por la sierra hasta la casita de adobe junto al río, donde, en noches como ésta, su madre y sus hermanos platicaban en el cuarto oscuro resucitando las cosas viejas, las leyendas, los combates y los amores. En la garganta le nació el nudo de la angustia al ver la silueta recia de su madre y los ojos se le llenaron de lágrimas.

El ladrón hablaba ahora de su propia madre, y hablaba de ella como se puede hablar de una mujer de la calle; llegó a decir que, en efecto, era eso, y que además era ladrona y medio chimán o bruja, y que confiaba estuviera en el infierno por tantas cosas malas como había hecho. Lupe, atónito, regresó de sus vagabundeos en la sierra y escuchó. Para él, la madre siempre había sido algo santo, algo así como los retablos de las iglesias, pues todas las madres eran, seguramente, como su madre, que estaba allá en las márgenes del Grijalva cuidando a sus hijos y sus ganados, piadosa y sencilla, leal siempre, leal sobre todo a su hombre y a la memoria de su hombre, que se había ido a la bola. El ladrón siguió hablando de las maldades de su madre hasta que Lupe, no pudiendo más, le pidió que se callara, le dijo lo que para él representaba una madre, lo que era la madre de él. El ladrón, al responder, reía groseramente:

—Yo que tú no estaría tan seguro de eso. Ve tú a saber si eres hijo de tu padre. No hay mujer leal, todas son unas…

No pudo acabar la frase pues el puño de Lupe, una vez más, había sido demasiado fuerte. El juez, viendo que de nada servía la cárcel para aminorarle las fuerzas, lo condenó a trabajos forzados a perpetuidad.

Durante un año, Lupe, vestido de preso, trabajó diariamente picando piedra. Sus brazos apretaban el marro y la piedra más dura volaba hecha astillas a su alrededor. Por las noches regresaba a su celda, tomaba café amargo con tortillas viejas y, sentado en un rincón, lloraba y rezaba invocando la presencia de su madre. Por fin había comprendido que estaría preso para siempre, que había de morir allí, en esas tablas sucias, lejos de las caricias suaves de su madre, y le entraban una desesperación y una angustia terribles encompasadas, en el marco de la noche, por el pesado caer de la lluvia.

Un día llegó el chino y lo sacó de la cárcel dándole dinero al alcaide. Los otros presos y los guardias se rieron de él y le dijeron que pronto querría estar de vuelta; pero él no hizo caso, vio la selva abierta ante sus ojos, oyó al chino que le decía que era libre y le iba a dar empleo y, sin poder contenerse, cayó de rodillas y le besó las manos con la misma unción con la que solía besar las manos de su madre.

Las Palmas era un pueblo miserable construido en el lodo a la orilla de un canal. Abrigaba en sus veinte jacales a los hombres y mujeres que había logrado esclavizar el chino; pero para Lupe, al desembarcar, aquello fue un paraíso de sueños, con todo su esplendor tropical, sus vuelos de garzas y sus palmas ágiles. El chino señaló a Lupe el jacal de manaca donde había de vivir, y Lupe recogió sus cosas y entró en él.

No había más que un cuarto grande de suelo de tierra apisonada por el uso, incrustada de huesos de pescado, salivazos y mugre, rezumando una humedad de olor acre. En un extremo, dos hombres reposaban en sendas hamacas viejas, totalmente desnudos, el cigarro apagado entre los labios y los salivazos brotando de sus bocas como tiros de pistola. En la otra punta, un hombre yacía en el suelo sobre un petate inmundo. Su cara hundida más parecía la de un muerto y sus ojos apagados ya nada distinguían. Solamente una queja le nacía de vez en cuando, una queja aguda y lenta que le llegaba desde el fondo y le raspaba en la garganta convirtiéndose en estertor de agonía.

Después de saludar a los dos hombres de las hamacas, que contestaron apenas con un ruido gutural, Lupe se acercó al enfermo y lo observó.

—¿Qué le pasa? —preguntó volviéndose hacia los otros.

—Calenturas. Ya se va a morir —contestó uno de ellos.

—Habría que darle quinina —opinó Lupe después de un breve silencio.

—¿Ya pa qué? El chino no quiere dársela porque dice que ya no sirve para trabajar.

—Tal vez no sepa que se está muriendo —insistió Lupe.

—Tal vez —contestó el hombre y, volviéndose en la hamaca, fingió que dormía.

Su compañero, con los ojos fijos en el techo, inició una canción obscena que murió pronto en sus labios por falta de entusiasmo. Lupe se quedó un momento indeciso, dejó su ropa en el suelo y se fue en busca del chino.

—En mi casa hay un hombre muriéndose, señor. ¿No quiere darme un poco de quinina?

—Que se muera —contestó el chino—. Al cabo no sirve ya para nada. Y ruégale a Dios que se muera luego porque ese petate va a ser para ti.

Lupe, cabizbajo, se regresó a la casa, y el chino siguió vigilando el desembarco y acomodo de la mercancía. Uno de sus hombres le dijo:

45

—Es muy fuerte ese muchacho que ha traído, jefe: a ver si no da guerra.

El chino, mientras veía alejarse a Lupe, dejó que la serpiente de su risa jugara en sus labios.

—Yo tengo una medicina para las fuerzas —dijo.

Lupe se pasó la noche junto al enfermo. Al amanecer vio que el hombre aquel ya estaba muerto y se lo dijo a uno de los hombres.

—Ya era tiempo —contestó éste—. Jálalo de los pies y échalo fuera: no vaya a empezar a jeder.

Lupe se quedó solo con el cadáver y con sus pensamientos alborotados. Le admiraban la negativa del chino y la dureza y falta de interés de los hombres que allí vivían. «Tal vez el chino no sea tan bueno —pensó—, pero entonces no me hubiera sacado de la cárcel ni se hubiera preocupado por mí.» Posiblemente el muerto era un hombre malo o el chino no tenía quinina, pero de todos modos había que estar alerta y no dejarse engañar. Él sabía bien que el salario en la costa era siempre superior a un peso diario y no admitiría menos.

Una mujer entró a la choza. Al principio, Lupe, en la penumbra del alba, creyó que era una vieja, pero notando sus movimientos se dio cuenta de que el cuerpo era joven y de que lo único viejo era el aspecto de tristeza. La mujer se acercó al muerto y lo cubrió con la manta. Lupe le habló:

—Murió anoche. Yo lo velé; pero no me di cuenta cuando dejó de resollar.

La mujer se volvió a verlo. Sus ojos eran viejos y apagados como un charco seco, y su cara, joven aún, estaba sucia de lodo y escamas de pescado.

—Gracias —dijo ella—. Era mi padre, y ya sabía yo que se iba a morir. ¿Usted es nuevo aquí?

—Sí —dijo Lupe agachando la cabeza ante el dolor que suponía—. Siento mucho la muerte de su padre.

—Era un borracho —comentó ella, y después de un silencio añadió—: Ya me voy, que han traído mucho pescado y hay que secarlo.

Ese día Lupe vagó por el pueblo sin saber qué hacer. El chino estaba ocupado con sus cuentas, los hombres se habían ido a pescar o a buscar plumas y pieles, y las mujeres limpiaban pescado y hervían camarón, que ponían luego a secar sobre petates. Lupe estuvo un rato ayudándolas en su tarea silenciosa hasta que se aburrió de verlas trabajar como si estuvieran muertas, sin hablar una palabra, con movimientos mecánicos. En un rincón de la placita trabajaba una niña que no podía tener más de ocho años. Lupe se acercó a ayudarla y a poco inició la conversación:

—¿Cuánto les pagan por día?

—Nada —contestó la muchacha.

—Hay mucho pescado aquí —volvió a decir después de un rato.

—Hay —contestó ella.

—¿Cómo se llama usted? —preguntó.

—¿Qué le importa?

Ante esto se retiró. Al mediodía, el chino lo llamó y le dijo que lo iba a poner a pescar camarón.

—El trabajo es fácil: nada más debes cuidarte de las sanguijuelas y de los lagartos.

—Está bien, señor —contestó—; y... ¿cuánto voy a ir ganando?

—Ya veremos —respondió el chino—. Por lo pronto tienes que pagarme lo que le di al alcaide por ti y el haberte traído. Luego ganarás diez centavos diarios y tu comida. Si trabajas bien, podrás ganar hasta veinte.

—Pero eso es muy poco —arguyó Lupe—; yo creí que...

—Entonces no ganarás nada —respondió el chino cortante—; y si andas alegando conmigo, te mando azotar. Tú

47

asesinaste a dos hombres y tienes que pagarlo, así que más vale que lo vayas entendiendo. Tú estás aquí como en la cárcel y te estás hasta que te mueras. Si te vas, te agarra la policía en la costa y te fusilan por matón y prófugo. ¡Ahora, sácate! Y la última palabra fue acompañada de una cachetada.

Lupe sintió que de nuevo la sangre mala le corría por los brazos; se enraizó en el suelo y soltó el puño, pero el chino, que ya lo esperaba, evitó el golpe dando un salto hacia atrás y echando mano a la pistola. Lupe se quedó parado, retando, fijos los ojos en el círculo negro del cañón, esperando la bala. Pero el chino no disparó:

—Eres muy fuerte, muchacho —dijo riendo—. Ya me lo había dicho el alcaide y por eso te compré. Pero estás resultando demasiado fuerte. Creo que una semana sin comer te sentará bien.

Diciendo esto llamó a unos hombres. Entre todos amarraron a Lupe y lo llevaron a las afueras del pueblo, donde lo ataron al mangle y lo dejaron.

En la tarde, la sed empezó a comerle la garganta y, desesperado, jaló de sus ligaduras hasta que tembló el manglar y le sangraron los puños. Por primera vez sus fuerzas le fallaban, y esto lo llenó de una angustia nueva que lo hizo gritar de rabia impotente. Los zopilotes que dormitaban cerca se alejaron ceremoniosamente.

Por primera vez en su vida, Lupe se llenó de odio. Odió esa fuerza terrible que llevaba en los brazos y con la que había matado sin quererlo, esa fuerza por la cual el chino lo había comprado. Ahora comprendía la risa de sus compañeros de cárcel cuando lo vieron ir. Ellos sabían que la cárcel del estero es mil veces peor que la otra; que en ésta no hay perdón ni reposo más que en la muerte, una muerte lenta y angustiada como la del viejo de las calenturas.

Poco a poco las luces se apagaron en las chozas y el silencio invadió los canales. Entre las hojas del manglar, Lupe veía las estrellas, las mismas que alumbraban las noches claras del Grijalva y que aquí, en las aguas muertas, entre los hombres muertos, se ensuciaban al contacto rojizo de los canales.

Lupe sintió la fuerza viva correr entre sus brazos, sintió que le llegaba el torrente a la cabeza y gritó sus juramentos de venganza. Por primera vez, fríamente, tuvo ganas de matar, de romper al chino, de sentir el cuerpo delgado y amarillo entre sus brazos, de oír el crujido de los huesos que se rompen y el grito ahogado en sangre. Él no sería esclavo como esos hombres y mujeres, él era de la sierra y había nacido libre y orgulloso.

En la hamaca de su portal, el chino escuchaba y reía. Le alegraba la perspectiva de la doma, pensaba en lo hermoso que es romper a un hombre y luego usarlo como animal de carga. Resueltamente, éste era el placer más grande en la vida.

Ocho días después, cuando lo desataron, Lupe estaba inconsciente y lo tuvieron que llevar cargando a su casa, donde lo tiraron en el suelo. A los tres días salió, la cabeza agachada y los brazos colgando junto al cuerpo desnudo y lastimado. Al verlo, el chino soltó la carcajada:

—Ahora sí, muchacho, ya podrás trabajar debidamente. Toma este remo y a pescar.

Lupe se acercó y tomó el remo sin decir palabra, lo tomó con las dos manos y, alzando los brazos sobre la cabeza, lo partió como si fuera un carrizo hueco. Luego, con los pedazos en la mano, avanzó lentamente sobre el chino. Éste retrocedió hasta quedar pegado a la pared de su jacal buscando inútilmente con qué defenderse, el grito seco en la boca llena de miedo. Ya Lupe iba a tocar al chino, cuando un pescador lo tendió en el suelo dándole con el remo en la cabeza. El chino se rio secamente:

—Todavía tiene fuerzas este muchacho —comentó; y mandó que, bien atado, le metieran las piernas al lodo.

Allí, durante tres días lo chuparon las sanguijuelas, que se le pegaban a la piel e iban engordando hasta caerse y dejar sitio a otras. Sin decir una palabra, Lupe estuvo los tres días con las piernas en el lodo, las manos atadas a la espalda, soportando de día la burla de las mujeres y de noche el tormento de los moscos.

Cuando el chino mandó sacarlo, temeroso de perder los treinta pesos que había dado al alcaide, Lupe, a pesar de la calentura que le ardía en los ojos, se bañó en el estero y se fue a trabajar con los demás hombres. Sus manos se habían vuelto torpes en el remo y sus pensamientos se devanaban lentamente, como estrujados por algo pesado que tuviera en la cabeza. Solamente una idea le martillaba el cerebro: vengarse, vengarse aunque lo mataran, aunque lo volvieran a meter en la cárcel y le doblaran todos los castigos. Viendo a sus compañeros, veía su futuro: hombres muertos, movimientos lentos, mecánicos, sin risa en el placer ni llanto en el dolor; los ojos vacíos, las caras amarillentas, angustiadas por el eterno miedo al chino. Tenía que consumar su venganza para luego irse como fuera rumbo a las márgenes frescas del Grijalva, donde los hombres eran broncos como ríos y no muertos como esteros.

Por un momento pensó en fugarse. Esto sería fácil pues ningún otro remero era capaz de alcanzarlo; y, ya metido en la multitud de canales, nadie lo volvería a ver. Era fuerte aún y podría atravesar el manglar, cortar por la selva para no ser visto en los pueblos y meterse en la sierra, donde sería libre de nuevo. Pero el hombre de las montañas lleva a cuestas su honra y Lupe había jurado vengarse.

Toda la noche, echado en su petate, pensó en la muerte del chino. La sangre perdida en el lodazal y las calenturas le habían quitado algo de su fuerza, llenándolo de temblores. Más valía esperar un tiempo para recobrar las fuerzas y acechar la oportunidad.

Pasaron tres meses, y las fuerzas decrecían sin que llegara la oportunidad tantas veces soñada. El chino lo trataba con desprecio, sin precaverse visiblemente de él, y le encargaba los trabajos más pesados. Lupe lo hacía todo bajando la cabeza y encogiendo los hombros. Así pasó días enteros sumido en las charcas o metido entre el mangle, que le cortaba los pies, con las hormigas comiéndole las manos y los moscos la cara. Por las noches, la calentura lo tendía en su petate y allí esperaba el amanecer soñando siempre en su venganza. Un día el chino lo mandó llamar.

—Has trabajado bien —le dijo—, y desde ahora irás ganando cinco centavos diarios. Con eso, en tres años me podrás pagar lo que me debes y en un año más esta hamaca, que te voy a fiar para que no duermas en el suelo como un animal.

Lupe quiso llenarse de rabia, pero sus brazos no le respondieron. Esa noche, en su hamaca nueva, lloró de vergüenza y toda la noche se agitó para recobrar su espíritu de venganza, pero el cuerpo ya no obedecía; ya no sentía odio, sino solamente un cansancio y un aburrimiento estériles. Al alba decidió esperar una buena oportunidad, dominarse y vencer.

Pasó el tiempo y el chino le dijo un día que lo llevara a la barra en la canoa chica. Lupe vio que ésa era su oportunidad. Cuando perdieron de vista el pueblo y tomaron el canal grande que sale al mar, resolvió voltear la canoa, pegarle al chino con el remo hasta ahogarlo y, enderezando la canoa, fugarse. La curva grande sería el momento oportuno. En ella tenía los ojos fijos como una obsesión. Cuando llegó, miró al chino. Éste se reclinaba indolente en la proa, mirándolo fijamente, la sonrisa burlona en los labios.

Cuando regresaron a Las Palmas, Lupe era un pescador más sin deseos ni esperanzas. El chino, aburrido, pensó en lo fácil que es domar hombres.

# EL SECRETARIO JOSÉ LÓPEZ

La lancha de motor atronaba por el estero espantando a los patos y a las garzas, que huían rumbo a las pampas apartadas. Sobre las bordas aparecían, como púas de puercoespín, las carabinas de los soldados, y al frente, como un dedo indicador, la ametralladora. El capitán que mandaba la escolta iba diciendo que ésta era la primera vez que una lancha de motor andaba por ese estero y contaba cómo la había traído en ferrocarril desde Tapachula, cómo la había botado al río de Zacualpa y cómo la había bajado por todo ese río y a través de mil canales hasta el estero.

Al contarlo parecía estar bastante orgulloso de ser el primer hombre que anduviera en lancha de motor por esas aguas rojas y muertas; y José López también sentía un poco de ese orgullo, aunque le daba ciertamente tristeza que se usara por primera vez un invento tan útil en perseguir a un hombre que, a su juicio, merecía un premio en lugar de un castigo. Pero José López era un simple secretario de juzgado en Huixtla, y nadie le pedía su opinión ni se interesaba por ella. Lógicamente debía estar de acuerdo con el juez y cumplir ciegamente sus órdenes, le parecieran buenas o malas.

Ahora lo habían mandado con una escolta para aprehender a don Filadelfo Suárez, y él tenía la obligación de aprehenderlo, que ya el juez se encargaría de encontrar el castigo adecuado y de juzgar, en teoría, con rectitud. Pero José López sabía que la justicia, en manos de un juez que recibe órdenes de arriba, es algo muy elástico y que los códigos se pueden aplicar y torcer de muchas maneras. Sabía bien que el argumento del juez iba a ser éste: Filadelfo Suárez ha matado y el código ordena que se aplique la pena capital a quien ha matado. Claro está que el código también habla de los motivos que pueden ser atenuantes y hasta exculpantes y que seguramente lo eran en el caso de Filadelfo Suárez, pero el juez puede muy bien olvidar esos articulillos cuando las órdenes superiores son tronantes por ser el muerto un primo del gobernador.

En la lancha iban diez soldados con su capitán, un mecánico, un guía callado, con los ojos perdidos en las intrincadas marañas del manglar, que fumaba unos cigarrillos terriblemente apestosos, y José López. Habían salido el día anterior, pero en el río tuvieron que abrirse paso entre los troncos caídos y entre las altas hierbas de las pampas, y esto les hizo perder mucho tiempo. Pero el capitán confiaba en el poder de su motor para alcanzar al prófugo antes de que éste se pudiera refugiar en otro estado, y confiaba también en sus carabinas y su ametralladora para matarlo si se resistía, que era lo más probable.

López suponía que Filadelfo estaba en Las Palmas, pues todos los prófugos iban invariablemente allí, donde, protegidos por un chino que los explotaba, trabajaban hasta morirse de hambre, calenturas o maltratos. Él había conocido lo bastante a Filadelfo y lo recordaba claramente como el tipo clásico del criollo fuerte, alto, musculoso, moreno, de nariz aguileña y ojos pequeños y brillantes bajo unas cejas como pajonales, manos duras en el trabajo y en la pelea, el traje impecablemente blanco y siempre en los labios la sonrisa acogedora y la palabra amable. Tenía fama de ser hombre bueno, y ahora, después de su crimen, todo el pueblo lo había convertido en un héroe. Pero el juez dijo que había que apresar al héroe, y López salió a cumplir tal orden con una escolta. Alguien, ansiando congraciarse con el gobernador, proporcionó la lancha; y salieron, como quien va de cacería, con un lujo de fuerza capaz de atemorizar a todos los miserables que habitan en el estero, si es que pretendían defender a su nuevo camarada.

Hasta esos momentos, López no se había detenido a pensar en si era justo o no lo que hacía: él cumplía órdenes y no se preocupaba del resto, pues su lema había sido siempre «la Ley antes que todo y sobre todo», y hasta ahora nunca se le había siquiera ocurrido que una orden del juez pudiera ser injusta y que había casos en que más valía no obedecerla. Siempre que pensaba en el crimen actual, había raciocinado así: Filadelfo Suárez ha matado a un hombre que, desgraciadamente, resulta ser primo del gobernador, y la ley ordena que se lo juzgue por este asesinato y, si hay exculpantes, será perdonado.

Filadelfo había matado al hombre más odiado de la costa, al cacique sin escrúpulos acostumbrado a asesinar a quien quería y a robar lo que le viniera en gana, pero la mujer de Filadelfo no era cosa que se tomara nada más así. Y, cuando ella gritó con todas sus fuerzas de hembra joven, él regresó a su casa, preparó su carabina y, después de retar al agresor, que cobardemente se negaba al pleito, lo mató como quien mata a un perro que tiene rabia. Después, tomando a su mujer y su carabina, se fue al estero. Inmediatamente vibraron los alambres del telégrafo; la indignación de los centros oficiales fue terrible, las órdenes definitivas.

Sin duda alguna había exculpantes para el crimen de Filadelfo. Él había visto muchos casos así, y el reo generalmente salía libre o recibía una pena insignificante; pero en esos casos el muerto no había sido pariente del gobernador y eso hacía que todo cambiara ante los ojos de un juez ávido de complacer a sus superiores. Filadelfo lo sabía y por eso huyó: sabía perfectamente que no habría perdón para él, lo supo antes de matar y, no obstante, mató porque tal era su deber como hombre: no por un vano alarde de machismo, sino por una necesidad consciente.

Ahora López se imaginaba el encuentro con Filadelfo. Seguro que éste no se iba a dejar aprehender así nada más: lucharía mampostado en cualquier parte hasta que se le acabaran los cartuchos, y entonces los soldados lo matarían como a un tigre que se defiende encaramado en un árbol.

López no conocía a la mujer ultrajada, pero siempre, al ver a Filadelfo, había pensado en ella como una hembra estirada y adusta, probablemente de sangre española pura y tal vez hasta con algo de alemán. No sabía por qué, pero nunca le había simpatizado esa mujer, como tampoco le simpatizaba Filadelfo antes de todo este lío. Tal vez la razón era la raza puramente blanca de Filadelfo, en cuyos ojos le había parecido ver una nota de desprecio hacia su cara de mestizo con mucho de indio. López se sabía mestizo: su padre era mestizo y su madre india pura; pero no se avergonzaba públicamente de ello, antes bien se vanagloriaba de su sangre india más que de la española. Mas cuando notaba desprecio en la mirada de un blanco sentía una ira sorda que le nacía de adentro, y él había creído percibir esta mirada en los ojos de Filadelfo, el español puro, cuya mujer, seguramente, también era española.

Pero esa antipatía, en la que nunca había reparado hasta ahora, no tenía nada que ver con la justicia o la injusticia de lo que se estaba tramando. Claro está que, si Filadelfo y su mujer fueran indios, él haría hasta lo imposible por salvarlos, siempre dentro del curso de la ley, que no pensaba variar para beneficio de un blanco que despreciaba a los de su raza. Además, sospechaba que el capitán tenía órdenes de matar a los prisioneros, pues, al embarcarse, el mecánico dijo que con tanta gente no iba a haber lugar para ellos, y el capitán contestó, sonriendo, que probablemente no se necesitaría. «Esto no es legal ni conveniente —pensó López— y debo tratar de impedirlo para que se cumpla la ley, que es lo que a mí me interesa. No voy a torcer su curso para ayudar a un blanco que probablemente sea ejecutado injustamente: eso ya no es culpa mía, pero tampoco voy a permitir que se cometa un nuevo asesinato.»

De pronto recordó todos los años que había pasado estudiando leyes, todas las penalidades que había sufrido, toda el hambre y la tristeza, la nostalgia de su pueblo en la ciudad inmensa donde vagaba sin amigos, para que a la postre lo vencieran tantos sacrificios y no pudiera sacar su título, teniendo que conformarse con ese empleo miserable de secretario en el juzgado de Huixtla. Pero aun aquí quería ser abogado; lo era en efecto, pues en todo el pueblo sólo él conocía las leyes, que el juez ignoraba, y sólo él podía hacer los trámites correspondientes. Pero este apego estricto a la ley ya le había traído serias dificultades con su jefe; y López sabía que al menor descuido sería corrido ignominiosamente, como, por ejemplo, si fallaba en la misión que se le había encomendado. Pero todo esto no tenía importancia mientras la ley se cumpliera debidamente; y él iba ahora a cumplirla tratando de que no se matara al reo y de llevarlo a que fuera juzgado, aunque sabía que con esto desagradaba al juez. Luego, si en el juicio había parcialidad o dolo, como era seguro, él intervendría y haría lo posible para que triunfara la justicia; y, si ésta no triunfaba, podría redactar su renuncia explicando las causas. Ése era el camino digno y lógico para él; y que Filadelfo se las arreglara como pudiera con su orgullo de criollo y su mujer española y tiesa.

En esto pensaba cuando llegaron a Las Palmas. En el desembarcadero se habían juntado todas las mujeres y niños, azorados ante la lancha que se acercaba como un inmenso arado abriendo el agua, la proa recta hacia la playa. Los hombres se habían ido a ocultar en el mangle, pues nada bueno esperaban de esa expedición. Cuando tocaron en el fondo de arena y saltaron a tierra, el capitán en hombros de sus soldados y López mojándose los pies, el chino se adelantó a saludarlos con su mejor sonrisa.

Después de los saludos, presentaciones y asombros por la lancha, que eran de rigor, el capitán preguntó al chino el paradero de Filadelfo Suárez. Al principio, el chino fingió no conocerlo alegando que en el estero había muchos prófugos de la justicia con quienes él traficaba y que no los conocía a todos de nombre.

Entonces López entró en funciones, exponiendo al chino, con muchas citas de los códigos y frases legales, el peligro a que se exponía escondiendo a un fugitivo de la importancia de Suárez; y tanto supo decirle, tantos papeles y órdenes le enseñó, que logró convencerlo: el chino aceptó que, en efecto, conocía a Suárez y que éste había salido un día antes rumbo al norte tratando de llegar por los pasos viejos del estero hasta cerca de Tehuantepec. Dijo que iba en una canoa pequeña, sólo con su mujer, y que por lo menos tardaría dos días en llegar a la línea divisoria con Oaxaca.

Con esto, el capitán ordenó que la gente se volviera a embarcar; y tomaron el canal que el guía indicó con un vago movimiento de mano hacia el norte. Temerosos de que el chino los hubiera engañado, dejaron tres soldados en Las Palmas para que aprehendieran a Filadelfo si éste aparecía por allí.

Cuando zarparon, el capitán iba canturreando y de vez en cuando felicitaba a López por su habilidad para sacarle las cosas al chino. López aceptaba en silencio los elogios y meditaba tristemente en el futuro inmediato de la expedición. El chino dijo que había dos jornadas en canoa para llegar a la línea divisoria entre Oaxaca y Chiapas. Y Filadelfo salió el día anterior; y, como seguramente no se detendría para nada en el camino, era bastante probable que, cuando ellos llegaran a la línea, ya estuviera en Oaxaca; y allí no tenían poderes para perseguirlo. Esto le daba cierta satisfacción y, sobre todo, pensar en el coraje que seguramente harían los de las esferas oficiales. Pero de pronto recordó que Filadelfo no tenía trazas de ser un buen remador y que su mujer, melindrosa como con toda seguridad era, no pondría la mano en una pala por todo el oro del mundo. «¡Maldito carácter criollo! —pensó—. Si la mujer fuera india, lo ayudaría, y ya estarían a salvo, pero se van a perder por su absurda costumbre de que las mujeres no deben hacer nada útil; y merecen perderse.»

La lancha avanzaba a toda velocidad, pues el mecánico, sin importarle un bledo la misión que llevaban, quería lucir su motor y las habilidades propias para manejarlo.

—A este paso estaremos en la línea en seis horas —dijo el guía cuando se lo preguntó el capitán, y volvió a sumirse en sus meditaciones.

«Seis horas —pensó López—: seguramente los alcanzaremos si no se descompone el motor; pero parece ser nuevo y el mecánico quiere lucirse.» El capitán preguntaba ahora en cuántos brazos estaba dividido el estero al cruzar la línea.

—En uno —contestó secamente el guía.

—¿Y es ancho? —preguntó de nuevo.

—Es.

—Entonces seguramente tienen que pasar por allí.

—Tienen —y el guía volvió a perderse en su mutismo.

«Probablemente éste es un admirador de Filadelfo, pensó López: lo admira por su hombría al matar a quien trató de deshonrarlo, de matar al mero bravo de la costa, sin fijarse en el precio que iba a pagar por esa muerte.» No cabe duda que el hecho era de admirarse y que estos criollos tenían algunos buenos rasgos en su carácter; pero la mujer se podría haber defendido sola sin meter en líos a su marido y provocar su ruina. Bien se veía que no era india, y allí estaban los resultados.

Tres horas navegaron en un silencio interrumpido solamente por el estruendo del motor y los disparos del capitán, que se empeñaba en hacer blanco sobre los lagartos, fallando siempre. Luego, sacando la pistola, se fue hacia la proa y trató de matar alguna garza con los mismos resultados. Esto le daba cierto gusto a López, que no veía el objeto de matar a un animal si no se iba a comer o aprovechar en algo. Además, se daba cuenta de que el capitán tiraba muy mal y pensaba que esto le daría una oportunidad más de salvación a Filadelfo. Él estaba resuelto a no permitir que mataran al prisionero, pero no veía cómo iba a hacer para que el capitán no disparara al aparecer la canoa. Si lograba salvar ese momento, ya luego se las entendería para evitar el crimen. De los soldados no había por qué preocuparse, pues, aunque recibieran la orden de disparar, como con toda seguridad admiraban a Filadelfo, lo harían al aire. Lentamente estudió las facciones de cada uno de ellos y todos le parecieron iguales, originarios de Juchitán, hombres valientes, impasibles, que veían pasar ante sus ojos casi vidriados las paredes del estero, fumando tranquilamente, pero registrando en la memoria cada una de las curvas y sinuosidades. «Dentro de veinte años vendrán —pensó— y sabrán el camino tan bien como lo sabe este guía mudo. Ésa es una de las ventajas de mi raza india: conocemos la tierra para siempre una vez que la hemos visto, estamos identificados con ella. El blanco, para guiarse, se fija en cosas mutables, como las ramas y los troncos secos y, claro está, cuando viene algún tiempo después, se pierde. Nosotros vemos lo inmutable, el perfil de las montañas, los pequeños playones: y luego siempre conoceremos el camino.»

El capitán ahora preguntaba si existían pequeños canales por los que pudiera meterse Filadelfo.

—Hay —contestó el guía.

—¿Y tienen salida? —volvió a preguntar el capitán.

—No —y las respuestas cortantes volvieron a hacer el silencio en la lancha.

López se dedicó a estudiar al guía. Éste era un indio de raza pura, zapoteca o del Tacaná, viejo ya, duro de cara, tan duro como sus respuestas y sus cigarrillos cada vez más insufribles. Al observarlo con más cuidado, notó por primera vez que llevaba una pistola escondida bajo la blusa. Como iba sentado junto a él, le preguntó al oído:

—¿Quién le regaló esa pistola?

—Don Filadelfo.

López dio un salto, pues no se imaginaba que un blanco pudiera regalarle un arma a un indio ni que éste pudiera cooperar en su persecución. A los indios los blancos no les dan más que aguardiente y nunca armas; pero cuando un indio necesita un arma y tiene que usarla, la consigue siempre de algún modo misterioso. El guía volvió a hablar con sus palabras duras y cortantes, como labradas en piedra:

—Don Filadelfo es un hombre bueno.

—Pero entonces ¿por qué ayudas en su persecución? —preguntó López azorado.

El guía se volvió lentamente, miró con cuidado a López y pareció prepararse para hablar largo, pues tiró el cigarrillo y escupió sobre la borda. Luego dijo:

—Usted es indio como yo y también persigue a don Filadelfo, que era bueno con los indios; y lo persigue porque lo mandaron los blancos malos que nos gobiernan desde hace tiempo. A mí también me mandaron y vengo, lo mismo que los soldados; pero de paso me traje la pistola que me regaló don Filadelfo para no permitir que lo maten.

Y acabando de hablar, sacó otro cigarrillo y volvió a su mutismo. López creyó percibir una mirada honda de desprecio en sus ojos y no se atrevió a hablar más. Quería decirle que él también estaba del lado de Filadelfo porque de su lado estaba la justicia, y más ahora que sabía que era un protector de indios; pero aquella mirada dura lo calló. Estas revelaciones del guía lo preocupaban más aún: le parecían audaces y tontas, pues, si él quisiera, podía decirle todo al capitán y éste desarmaría al guía. Pero López callaba, sin saber por qué, y trataba de no ver al capitán, que, en la proa, seguía disparando sobre los patos. Se había quitado la guerrera, había dejado sus prismáticos en la banca y maldecía cada tiro errado, mientras que, a cada tiro errado, los ojos del guía parecían sonreírse.

De pronto López tuvo una idea y, acercándose a su vecino, le dijo al oído:

—Si cuando aparezca la canoa el capitán quiere disparar, no lo deje usted; yo me encargaré del resto.

El indio no contestó. Solamente tuvo una mirada sonriente y burlona como diciendo: «¡Vaya novedades que traes tú!», y de pronto López sintió una profunda simpatía por ese hombre de su misma raza, quiso hacerse amigo de él, verse admirado por él.

Tres horas siguieron navegando, habiéndose detenido sólo una vez para echar gasolina en el tanque del motor. De pronto desembocaron a un canal ancho y largo como de diez kilómetros. El guía, levantándose, señaló un árbol alto en el fondo y dijo:

—La línea.

Todos los hombres exploraron las aguas brillantes del canal, que les herían los ojos sin dejarles ver nada.

—Yo creo que ya pasó —dijo el capitán y, volviéndose al guía, le preguntó:

—¿Usted qué cree?

—¡Quién sabe!

—¡Vaya ayuda que es usted! —respondió el capitán enojado—. Y cuando me hable, diga «mi capitán», que viene en misión militar.

El guía escupió al agua y calló. Por un instante, López notó una mirada sorprendida en sus ojos cuando se pararon en un lugar del canal bajo el mangle; pero luego volvió a inmovilizarse, los ojos fijos en el fondo de la canoa. De pronto, uno de los soldados gritó:

—¡Creo que allí adelante va una canoa, mi capitán!

El capitán y todos se irguieron tapándose la resolana con las manos y escudriñando el canal.

—Allí, bajo el mangle, donde está ese palo seco —decía el que habló primero—. Apenas si se puede ver una como mancha negra.

Poco a poco otros lo vieron. Unos opinaron que era un tronco de árbol; otros, que era solamente una sombra. De pronto, el capitán se acordó de sus prismáticos y los pidió. López los tomó inmediatamente y trató de afocarlos sin hacer caso de las protestas del capitán. Un rato estuvo buscando hasta que, como si estuviera al alcance de su mano, vio la canoa en la que Filadelfo, ayudado por su mujer, trataba de meterse entre el mangle. La mujer era una india tehuana, sin duda: una india joven y bonita que, con un machete, cortaba las duras raíces del mangle para meter allí la canoa mientras Filadelfo se detenía. ¡El criollo estaba casado con una india! ¡Por esa mujer india se había metido en tantas dificultades! No podía permitir que Filadelfo muriera asesinado, no podía permitir que lo juzgaran, pues seguramente lo mandarían fusilar; no podía permitir eso aunque tuviera que torcer, por primera vez en su vida, el curso de la ley. Pero él, José López, abogado, nunca había hecho tal cosa: siempre la había considerado imposible, perversa, contra sus más elementales principios. Además, su puesto dependía de esa aprehensión que tenía allí, al alcance de la mano dejando que la ley siguiera su curso. La voz del capitán lo arrancó de sus meditaciones:

—Le digo que me pase mis gemelos.

López los bajó, estuvo callado unos segundos y dijo lentamente:

—Es un tronco grande. No se ve la canoa por ninguna parte.

—Usted no sabe ver —repuso el capitán—. Pásemelos.

López extendió la mano con los gemelos. Su mano temblaba; y, tal vez por eso, se le resbalaron y cayeron al agua, donde se sumieron lentamente sin que las diez o doce manos que se abalanzaron tras ellos pudieran salvarlos. El capitán soltó una maldición:

—Ponga más cuidado en lo que hace —gritó furioso.

—Como tengo las manos sudadas se me resbalaron —contestó López apenado—. Pero no es canoa aquello. Más vale que nos vayamos a seguir buscando en los canales que salen al grande, pues seguramente se metió por uno de ellos.

El capitán pensó un momento.

—¿Está usted seguro de que es un tronco? —dijo señalando hacia el mangle.

—Sí, estoy seguro. Si quiere usted, podemos ir a verlo, pero será perder mucho tiempo —la voz de López temblaba un poco, tal vez por el susto de los gemelos, pero sus ojos veían fijamente al capitán.

Junto a él, el indio sonreía; y cuando el capitán dio la orden de dar la vuelta, le apretó la mano y le ofreció uno de sus cigarrillos infumables.

Cuando López lo encendió ya no temblaban sus manos. Pensaba en el informe: «Tengo la pena de participar a usted que, después de... etc., etc., no logramos encontrar al susodicho Filadelfo Suárez, suponiendo que haya muerto entre el manglar. Reitero a usted, etc., etc.».

# TATA CHETO

Un calor angustioso se extendió por el estero de Mapastepec y todos los hombres originarios de la tierra fría quedamos tumbados en las hamacas sudando la fiebre. La arena botaba el calor rumbo a la sierra, que lo devolvía al estero; y de allí nos llegaba cargado de humedad y moscos. Las mujeres gritaban más que de costumbre y, desnudas de la cintura para arriba, golpeaban a los niños flacos y panzones. Una niebla de polvo pesado cubría las calles, y los perros, medio asfixiados, buscaban un refugio contra el calor en las charcas de agua podrida o, rabiosos y espumantes, corrían y corrían hasta quedar muertos. Los hombres embrutecidos se pasaban el día en las hamacas, sudando y maldiciendo, mientras en los platanares mustios las hojas se agobiaban de polvo y se inclinaban hasta tocar la tierra como pidiendo un agua imposible. La brisa había desaparecido totalmente y en la misma selva el silencio se hacía angustioso y pesado.

Desde el portal de mi choza se veía la sierra, dura y alta como un anhelo de liberación. Mis ojos, resecos por la fiebre, adoloridos por el sol y el polvo, viajaban de pico en pico y descansaban en las negruras de las cañadas llenas de frío mientras mi cuerpo se retorcía en la histeria de la fiebre. A veces soñaba con los arroyos que en la sierra saltan entre los peñascos, limpios y frescos como venaditos, y llegan a la costa cansados y podridos para dar vida a hombres también podridos.

Cuando me soltó la fiebre, mi cuerpo era como una serpiente recién muerta, pero en mis manos temblorosas estaba por fin la carta de don Ernesto como una esperanza de esperanzas. ¡Pronto mi cuerpo seguiría la peregrinación de los

ojos gracias a la bondad de ese hombre maravilloso a quien yo no conocía!

—¡Don Ernesto! —me decían todos— ¡Ése sí es un hombre honrado, trabajador y bueno! Hay que ver cómo trata a sus visitantes en la finca. Allí nadie se aburre, nadie está molestó ni descontento. Además —y esto lo añadían en voz baja por miedo a los finqueros alemanes que pudieran oírnos—, trata a los chamulas como un verdadero padre: su gente lo adora.

Conforme la mula iba subiendo por la sierra, el cuerpo iba cobrando nuevas fuerzas. Por los cafetales sombreados anduvimos toda la mañana, el paso largo y la canción alegre. ¿Qué le pueden importar a un hombre sus pobrezas y miserias cuando tiene una buena mula y toda la sierra de Chiapas enfrente? Sierra bendita, barrera entre la podredumbre de la costa y la florida limpieza de Comitán y San Cristóbal, sierra de hombres fuertes y duros como las peñas, de cafetales sombreados, cañadas olorosas a té limón y tierra buena. En ti gané la vida perdida en la costa, en tus cumbres purifiqué el alma y aprendí que la vida no es solamente podredumbre en la podredumbre. Ahí supe que el hombre puede ser bueno, cuando quiere serlo, y que no hay un destino fatal que lo empuje a la perversidad. Lejos de los manglares sudorosos, de la selva agobiadora, viví en ti, ¡oh sierra, madre mía!, un nuevo bautismo para una nueva vida llena de fuerza y de ilusión.

Desde el amanecer hasta el mediodía, en que pasamos la primera cordillera, mi compañero chamula apenas despegó los labios. Sonriente veía aparecer cerro tras cerro; y, en cada nuevo horizonte, lanzaba un grito agudo que igual le servía para arrear las bestias que para expresar su inmenso júbilo ante la vida. ¡Ése sí era un hombre limpio que no se ensuciaba con sus breves estancias en la costa destructora de impulsos!

Por fin, desde el desfiladero más alto de la sierra, me señaló hacia el fondo de la cañada donde, entre cafetales y huertas, aparecía sombreada por mangos y aguacates una casa grande rodeada de otras muchas pequeñas ordenadas junto al río de aguas limpias. El guía extendió su brazo señalando toda la inmensidad de sierras y, vagamente, el caserío diciendo:

—Liquidámbar.

Y la risa inundó su boca, mientras yo contemplaba la finca de don Ernesto, hombre único en Chiapas, defensor incansable de los chamulas, protector de los pobres, salvador mío, enemigo odiado por los finqueros alemanes y sus capataces.

Cuando llegué a la finca, él andaba en el campo. Me recibió un caporal amable y bien vestido que me ayudó a desmontar de la mula y, platicando, me llevó al alojamiento de la casa principal, donde ya todo estaba preparado para recibirme. De don Ernesto yo no conocía más que sus buenas acciones contadas en toda la costa. El caporal me lo describió en los mejores términos y, para acentuar sus palabras, me enseñó las casas de la peonada, casas que, contra la costumbre general en las fincas cafetaleras, eran individuales, amplias y bien construidas.

—Aquí —me dijo— a los chamulas les pagan más que en cualquier otra parte, y don Ernesto les da cada mes fiestas con baile donde él paga todo menos el aguardiente, porque entre otras cualidades tiene la de luchar contra la embriaguez y no darles nunca a sus peones: les paga en dinero contante y sonante.

En efecto, por todos lados se notaba la prosperidad: en las casas inundadas de gallinas, en los jardincitos aseados, en las mujeres limpias que mostraban en las puertas sus caras sonrientes.

—Es tan honrado don Ernesto —prosiguió el caporal—, que en una ocasión le liquidó la cuenta a un trabajador chamula que se iba para su pueblo y, ya que se hubo ido, notó que al hombre aquel le faltaba un peso de su haber y mandó a un mozo que fuera a alcanzarlo para darle el peso.

Yo ya había oído contar esta anécdota más de cien veces por toda la costa, donde la honradez no es frecuente. También sabía que don Ernesto gastaba casi todas las utilidades de su finca, que seguramente eran muchas, en mejorar a sus chamulas y hacerles la vida agradable. ¡Por algo lo llamaban el padre de los chamulas!

Cuando regresamos a la casa ya estaba allí don Ernesto, hombre que frisaba los sesenta años, cara redonda y alegre, cuerpo monumental, gran barriga, sonrisa fresca y risa sonora. Me saludó como si nos hubiésemos conocido desde niños e inmediatamente mandó traer refrescos de vino tinto.

Después de la merienda, y viendo que yo estaba cansado, no quiso enseñarme el beneficio de café, sino que nos sentamos en el amplio portal, cada uno con su puro, y la charla se animó entre el naciente concierto de las chicharras.

—He oído decir —empezó don Ernesto— que ha trabajado usted tres años en la costa sin lograr nada más que calenturas.

—Algo hay de cierto en eso —contesté extrañado por un principio de tan poco tacto—, pero ¿qué quiere usted que haga un hombre pobre?

—Hacerse rico —me contestó con toda seriedad.

—Eso no es tan fácil —repuse—, ¡cuántos años se necesitan para…!

—Hacerse rico es fácil —interrumpió—, y hay mil maneras de lograrlo. Unos lo hacen trabajando duramente, otros con inteligencia, con audacia o con medios un poco fuera de lo común. Hay muchas maneras de hacerlo sin necesidad de explotar al pobre o al oprimido, sin tener que sangrar a los chamulas, como hacen la mayor parte de los finqueros.

Puede uno hacerse rico y hacer felices a todos; y creo que no es rico solamente aquel que no quiere serlo.

—Usted dice eso, don Ernesto —repuse algo enojado—, porque es rico, pero para hacer un capital como el suyo empezando con nada se necesitan muchos años de esfuerzos, muchos sufrimientos y algo de suerte...

—Eso no es cierto —me interrumpió—. Y le voy a relatar un hecho que yo supe. Perdóneme si el cuento es largo, pero nosotros los viejos no tenemos más que recuerdos y nos gusta hablar para resucitar las cosas viejas, que es como volver a vivirlas.

Ya me había dado cuenta de que a mi anfitrión le encantaba el monólogo y, ante la ineludible necesidad de escucharlo, me acomodé en la silla y vacié la taza de café mientras don Ernesto empezaba así:

«Para ir de aquí a San Andrés Chamula hay que atravesar tres sierras, y en cada sierra tarda uno dos días. San Andrés es un pueblo que no es un pueblo: en él viven más de cincuenta mil chamulas y consta solamente de una iglesia grande, con su respectiva plaza flanqueada por dos tiendas y la casa del consejero. Las otras casas están regadas en una superficie que tarda uno más de dos días en atravesar a caballo. Por eso le digo que es un pueblo que no es pueblo: es más bien un distrito con un solo consejero y una sola iglesia. Ha de saber usted que en los pueblos de chamulas el gobierno del estado nombra a un individuo que lo represente, al que llaman consejero, que es generalmente la única gente blanca en todo el pueblo y que funge como juez, gobernador, recaudador de rentas y cualquier otra cosa necesaria. Aparte, existe un regidor o presidente chamula electo por el pueblo junto con su ayuntamiento, pero éstos sirven sólo de intermediarios y se pasan el día en comelitonas y borracheras que paga el presidente.

»Sucedió que era consejero de San Andrés, hace ya muchos años, un muchacho cuyo nombre verdadero no viene al caso y que los chamulas llamaban Tata Cheto. Era éste un muchacho pobre, y sus treinta pesos de sueldo mensual escasamente le alcanzaban para mal comer, sin poder ahorrar nunca nada. Otros consejeros se ayudaban explotando a los chamulas, vendiéndolos a los finqueros alemanes, pero Tata Cheto nunca quiso hacer eso, pues le parecía que era como traicionar su cargo.

»Un día había fiesta en San Andrés: acababan de elegir nuevo presidente y estaban entregándole la vara y el mando. Según una vieja costumbre de los chamulas, el nuevo regidor tiene que pagarle una comelitona y una borrachera a todo el pueblo, con sus acostumbrados barriles de aguardiente, novillos asados y borregos en barbacoa. Más de un presidente se arruinó en su fiesta de elección y, en estando arruinado, le daban el cargo a otro, considerando que un hombre pobre puede tener tentaciones de robar y que eso no es bueno en un presidente. Chilá Segundo recibía el cargo y estaba tristemente calculando lo que le costaría la fiesta a la que habían concurrido más de diez mil personas, todas ellas resueltas a emborracharse antes de la caída del sol. Había llegado la ceremonia al punto en que el presidente entrante le da al saliente tantos azotes como lunas ha estado en el poder. Esto lo hacen para quitarle al presidente que sale el gusto del gobierno, por lo que en San Andrés Chamula nadie quiere ser presidente, evitándose así muchas politiquerías.

»Chilá Segundo pegaba con alma, seguro de que también a él habían de pegarle sin misericordia cuando dejara el puesto. El azotado aguantaba los golpes impávido, sentado en su piedra especial frente a la puerta de la iglesia y, a cada golpe, la multitud gritaba y se echaba un trago profundo de aguardiente. Viendo que entre más pegaba más bebían los convidados,

Chilá Segundo dio rápidamente los golpes que faltaban y se volvió hacia Tata Cheto para recibir la vara de sus manos. Éste se levantó de su piedra con una cara de profundo aburrimiento y le entregó a Chilá la vara tomándole el juramento, que, por ser en castellano, Chilá no entendió. Cuando acabó esta ceremonia, toda la multitud volvió a gritar y vació sus botellas pidiendo que se las llenaran de nuevo. Ya todos estaban un poco borrachos y sólo Tata Cheto no bebía una gota por respeto a su cargo y porque consideraba conveniente que siquiera un hombre estuviera sobrio en un pueblo completamente ebrio.

»Cuando llegó el mediodía, ya muchos dormían sonoramente su borrachera, otros se abrazaban e intentaban cantar y algunos trataban de pelearse con alguien. Tata Cheto, cada vez más aburrido, empezó a meditar en su pobreza y, por contraste lógico, a calcular lo que le costaría a Chilá la comelitona. De ahí pasó a calcular cuánto dinero tendría guardado Chilá, aparte de sus bueyes y mulas; y de ese cálculo saltó a otro tendiente a averiguar cuántas monedas de oro habría escondidas en el pueblo.

»"Por lo menos —pensó— ha de haber diez mil familias, y cada padre de familia tiene su ollita con monedas del tiempo de la Colonia. Calculemos que existen diez mil ollas, que cada olla contiene treinta monedas en promedio y que cada moneda vale veinte pesos actuales…"

»La cabeza le dio vueltas ante tan monumental cifra y decidió pensar en otra cosa. Pronto se empezó a encolerizar ante la estupidez de aquella gente que llenaba la plaza con su borrachera sórdida. Teniendo tanto dinero, ¿cómo podían estarse emborrachando con aguardiente malo en una plaza sucia de un pueblo asqueroso? Decididamente, era hacer justicia quitarles todo o parte de su dinero para emplearlo en algo útil a la comunidad. Entonces tuvo la idea que fue el origen de su buena fortuna.

»Levantándose sin que nadie, en la borrachera general, lo notara, se metió a la iglesia, subió a la torre y, cortando las correas que sostenían el badajo, se lo guardó bajo la camisa en forma que no se viera y bajó de nuevo a la plaza, donde trató en vano de despedirse de los inconscientes principales del pueblo. Cuando llegó a su casa, guardó el badajo cuidadosamente y se echó a dormir, soñando en bebidas heladas, fantásticos salones y mujeres maravillosas.

»Al amanecer lo despertaron los gritos que llenaban la plaza. Tata Cheto salió al portal y vio que Chilá, su ayuntamiento y parte de los vecinos eran quienes causaban el alboroto. No hicieron más que verlo aparecer y subieron el tono de sus voces hasta formar un ruido atronador, entre el que se destacaba esta frase en chamula:

»—¡Tata Cheto, Tata Cheto, se han robado el santo badajo!

»Tata Cheto logró imponer un poco de orden y hacer que hablara solamente Chilá Segundo, quien dijo entre lágrimas y soponcios:

»—Oí, Tata Cheto: se han robado el santo badajo, que es cosa sagrada de Tata Dios.

»Todo el ayuntamiento volvió a alzar su plañidero grito. Cuando se calmaron y Tata Cheto hubo digerido la pavorosa noticia, puso una cara de gran preocupación y, con voz severa, dijo:

»—Esto es una cosa muy grave para ustedes porque el santo badajo es cosa sagrada y es la lengua con la que Dios los llama; es, por mejor decir, la misma lengua de Dios. Se lo voy a comunicar al señor gobernador para que nos ordene lo que crea conveniente.

»Y diciendo esto Tata Cheto entró a su casa seguido por todo el ayuntamiento, que se quejaba en voz baja. Allí descolgó la bocina de un teléfono prehistórico que desde hacía más de cinco años no funcionaba y, sin llamar a nadie, fingió que hablaba con el gobernador ante la espera muda de los chamulas. Cuando acabó su pantomima, se volvió hacia ellos y les dijo:

»—Dice el señor gobernador que éste es un asunto muy grave y que debería mandarlos ahorcar a todos por descuidados.

»El ayuntamiento a coro alzó tal gritería que Tata Cheto tardó más de un cuarto de hora en calmarlos.

»—Pero —prosiguió—, en vista de que el señor gobernador los quiere a ustedes mucho, me ordena que, en lugar de colgar al ayuntamiento, que es lo que merece por tan grave descuido, me entregue cada hombre del pueblo una moneda grande de oro para pagar así los gastos que se ocasionen por la búsqueda del badajo, pues ya mandó a toda la tropa que lo busque y eso resulta muy caro.

»El ayuntamiento en masa se alegró con la conmutación de la pena y esa misma tarde empezaron a llegar hombres con sus monedas de oro amarradas en el pañuelo. Tata Cheto se restregaba las manos de gusto; y a eso de la medianoche, cuando acabó de recibir y contar sus monedas, vio que tenía más de nueve mil, las cuales enterró en el patio de su casa.

»Pasada una semana convocó nuevamente al ayuntamiento y les dijo:

»—Dice el señor gobernador que toda la tropa ha estado buscando el santo badajo y que no aparece por ninguna parte, así que ya ha mandado hacer otro.

»—Está bien —dijo Chilá—. Pero rogale que lo haga pronto, que es mucha la vergüenza que estamos pasando sin el santo badajo.

»—Este nuevo que se va a hacer —prosiguió Tata Cheto— será de oro puro, pues dice el señor gobernador que así lo cuidarán más y no se volverá a perder, y como es de oro es

bueno que lo bendiga el santo papa, así que el señor gobernador ordena que cada hombre del pueblo entregue tres monedas de oro grandes.

»—¡Pero, Tata Cheto! —gritó Chilá Segundo—. ¡Eso es
muy caro!

»—Es que el santo papa vive muy lejos y tiene que ir a verlo una comisión. Además, como ustedes saben, cualquier pa-
drecito cobra medio real por una bendición, y el santo papa
tiene que cobrar mucho más.

»Ante esto nada alegaron ya los del ayuntamiento, y esa
misma tarde Tata Cheto tuvo treinta mil monedas más, que
enterró junto a las otras en unas bolsas grandes de cuero
que para el efecto había hecho.

»Pasó un mes y a diario el ayuntamiento venía a informar-
se de su badajo de oro y a diario Tata Cheto les daba largas alegando lo lejano de la casa del santo papa; y, en todo ese mes,
las campanas estuvieron silenciosas y el pueblo enlutado.

»Por fin, un día Tata Cheto mandó llamar al ayuntamiento y les dijo:

»—Me avisa el señor gobernador que el badajo ya llegó a
Tuxtla y me ordena que vaya por él.

»—¡Iremos todos! —gritaron los chamulas entusiasmados.

»—No —se apresuró a decir Tata Cheto—: no es bueno
que vayan, porque el señor gobernador todavía está muy enojado con ustedes por tantos gastos y molestias como han oca-
sionado con su descuido; y me temo que al verlos se le renue-
ve la cólera y los mande colgar a todos, o por lo menos al presidente. Mejor iré yo solo y ustedes me esperarán aquí prepa-
rando una fiesta digna de un badajo tan sagrado.

»Así lo hicieron; y Chilá, sintiendo una gran emoción y
considerando a Tata Cheto como a su salvador, le regaló dos
mulas estupendas en las que éste hizo la jornada a Tuxtla llevando sus monedas de oro y el badajo robado.

75

»Cuando llegó, cambió las monedas en varios bancos por no infundir sospechas; otras las guardó en un lugar seguro y dio algunas a un platero amigo suyo, quien las fundió e hizo un badajo igual al antiguo. Luego, poniendo mucho cuidado en no ser visto por el gobernador y la gente de palacio, tomó sus mulas, compró regalitos para los miembros del ayuntamiento y se regresó a su distrito.

»Seis días después llegaba a San Andrés, donde los chamulas lo recibieron con una fiesta fabulosa, tomaron el badajo y lo depositaron en el nicho del mismísimo san Andrés, no se fuera a perder de nuevo; y luego aclamaron a Tata Cheto hasta que todos estuvieron roncos y borrachos.

»En esa fiesta monumental se arruinó Chilá Segundo, por lo que eligieron a otro presidente, lo cual dio motivo a nuevas fiestas, que duraron cerca de un mes, y en todas ellas Tata Cheto fue ovacionado a diario. Al cabo del mes renunció a su puesto y se despidió de todo el ayuntamiento. Con lágrimas en los ojos lo vieron partir sus amigos y nunca se volvió a oír de él en el rumbo.

»Los chamulas consideraron poco el dinero gastado en comparación con el privilegio de tener un badajo de oro bendito por el santo papa en persona y que todos los pueblos de la sierra les envidiarían. Aún ahora, que ya han pasado muchos años, en las fiestas solemnes se ve cómo el presidente saca el badajo en un cojín de seda y lo pasea por la plaza entre las aclamaciones del pueblo, que bendice la memoria de Tata Cheto, su benefactor.»

—Como usted ve, amigo mío —concluyó don Ernesto—, dejando a todo mundo contento se puede lograr la riqueza si se tiene algo de ingenio...

—Y poca honradez —interrumpí.

Con esto nos quedamos callados. La noche cubría ya totalmente la sierra y las chicharras entonaban su canto monótono y arrullador mientras el aire que subía del río venía impregnado de té limón y canciones. Por el patio se acercaban dos chamulas que, al pasar frente a nosotros, saludaron a mi anfitrión:

—Buenas noches, Tata Cheto.

Di un salto en mi silla. En la sombra, don Ernesto fumaba su puro y reía silenciosamente.

# LA NIÑA LICHA

Ambrosio caminaba por la trocha abierta entre la selva, caminaba aprisa y en línea recta, sin ver casi el suelo, porque ya había resuelto lo que iba a hacer y nada podría torcer su decisión. Llevaba todo lo necesario: el machete colgado al hombro, la pistola en el morral: la pistola nueva que le había comprado a su compadre Fulgencio, con seis tiros americanos dentro. Ambrosio iba a matar a la Niña Licha, la iba a matar en su cantinita de la plaza de Huixtla, durante la feria del 20 de febrero, para que toda la gente de la costa de Chiapas supiera que Ambrosio el Arriero sabía vengar su honra.

Todos creerían que Ambrosio había vengado tan sólo su honra, pero él y la Niña Licha sabían otra cosa: sabían que Ambrosio, con esa muerte, iba a vengar su corazón, iba a vengar las noches de amargura solitaria en la hamaca, iba a vengar las mil esperanzas limpias que se perdieron entre el lodazal de la selva impura; que con esa muerte iba a vengar el mal que él mismo había hecho.

En la mente de Ambrosio el Arriero apenas si se perfilaba la cárcel que seguiría a su crimen. Lo importante era matar a la Niña Licha, quitarse de enfrente de los ojos ese horror en el que pensaba día y noche, ese horror lleno de amargura y desesperanza. Para él, la Niña Licha era lo mismo que la selva: era el lodazal, era el río lento y sucio, lleno de vapores de muerte, era la angustia de las noches cuando la lluvia cae pesada y lenta sobre el techo de palma de manaca, era la sórdida amargura del aguardiente tomado a solas, en el piso sucio de la choza, hasta quedarse tirado como un perro enfermo. Lo importante era acabar con esa visión, con esa vida manchada;

79

y tan sólo había un camino: el que había escogido, el que iba a tomar en la feria del 20 de febrero en Huixtla, y por eso caminaba derecho por la trocha de la selva, como hombre que lleva una intención que nada ha de torcer.

Porque hubo un tiempo en que Ambrosio el Arriero era un hombre honrado. Con su atajo de mulas subía a la sierra llevando mercancía y trayendo café. Por los desfiladeros profundos, en los puertos más altos, barridos por el viento, entre los cafetales sombríos, sonaba su voz, que cantaba al caminar, que cantaba canciones alegres como su corazón, canciones para la Ludwiges, su novia de Mapastepec, de amplias enaguas y cara sonriente; para Lupe, su novia de Excuintla, de ojos tristes y cara serena; para la María, su novia de Liquidámbar, menuda y traviesa; y, especialmente, para María, su novia de Jaltenango, para la que cantaba las canciones más largas, canciones que formaba con trozos oídos en el fonógrafo de los turcos de Mapastepec y con otros que inventaba él mismo. Porque Ambrosio amaba la vida limpia, se divertía con las muchachas de todos los pueblos y fincas que visitaba, les llevaba regalos de listones y peinetas, les decía cosas audaces y divertidas; pero su novia de verdad era la de Jaltenango, y a ella le llevaba monedas de oro nuevas, estampas de santos y jarros finos. Cuando llegaba a Jaltenango, dejaba sus bestias en el mesón y luego iba a visitarla. Ambos se sentaban en el portalito de la casa de ella y hablaban lentamente mientras caía la noche. Cuando Ambrosio se despedía, su corazón estaba tan limpio como la noche de la sierra y se encaminaba al mesón cantando por las calles.

—Un viaje más y nos casamos —le dijo un día—: ya tengo lo bastante para comprar algo de hacienda.

—Cuando quieras —le contestó ella.

Al alba salía Ambrosio siguiendo a sus mulas rumbo a la costa. Siempre que bajaba hacia allá sentía miedo: le daba terror la oscuridad de la selva, la angustia del calor sofocante entre las malezas; pero ahora iba contento: ya nunca tendría que volver más que el día en que él y la María fueran al santuario de Esquipula a pagar la manda que tenían prometida. Ya para siempre estaba libre de la selva; y podría contar, allá en Jaltenango, en lo alto de la sierra, que él había dejado la costa perversa y que había vuelto limpio y rico.

Cuando llegó a Escuintla dejó sus animales en el mesón, entregó su carga y salió a pasear por la plaza porque era el final de la feria. La plaza estaba cubierta de cantinas y partidas de juego. Ambrosio daba vueltas entre la gente jugando un peso de vez en cuando a un albur o metiéndose a alguna cantina de madera a tomar su copa de comiteco y oír la marimba. En una de las cantinas había dos marimbas y Ambrosio se detuvo. Constaba tan sólo de un mostrador bastante sucio y tres mesas con cajones en lugar de sillas. Un grupo de bebedores había juntado las tres mesas y en la cabecera tenían instalada a una muchacha de unos veinte años, de cara delgada, morena, ojos grandes y verdes, cuerpo alto y fino. La muchacha reía y reía, bromeaba con todos los del grupo, alemanes y turcos en su mayoría, pedía piezas a las dos marimbas y tomaba cerveza casi sin parar. De vez en cuando se paraba y traía más bebidas del mostrador, atendido por una vieja greñuda y malhumorada que llevaba la cuenta. Otras veces bailaba sola o con alguno del grupo.

Ambrosio se detuvo en esa cantina, se apoyó en el mostrador y pidió un comiteco.

—Sólo hay cerveza —le dijo la vieja malhumorada.

Ambrosio tomó su cerveza lentamente, mirando a la muchacha. De pronto, una de las marimbas inició «La Chiapaneca», y varios de los alemanes empezaron a gritar:

—¡Baila, Niña Licha, baila!

Ella se levantó, recorrió con la mirada a todos los del grupo y dijo sonriendo:

—¿Con quién bailo? Aquí ninguno sabe —luego se volvió hacia donde estaba Ambrosio apoyado en el mostrador, con su cerveza en la mano—. Tal vez el arrierito sepa bailar.

—Tal vez —repuso Ambrosio adelantándose.

Aplaudieron los alemanes y empezaron a bailar los dos. La Niña Licha bailaba caprichosamente queriendo obligar a su pareja a seguirla, pero Ambrosio también sabía bailar y acabó dominándola. Cuando acabó la música, la Niña Licha se detuvo frente a Ambrosio, los brazos en jarras, la mirada desafiante.

—¿De ónde sos vos, arriero? —le preguntó—. Bailás bien pa ser de juera.

—¡Qué te importa, Niña Licha! —repuso él riendo—. Si querés, podemos bailar más.

—¿Traés pa la marimba?

—Sí, lo bastante.

En eso se levantaban los alemanes y los turcos. Uno de ellos pagó a la vieja lo que habían tomado y otro a las marimbas, acercándose luego a la Niña Licha:

—¿No venirte tú conmigo, muchacha? —le preguntó.

La Niña Licha, riendo, se dio la vuelta y pasó atrás del mostrador. El alemán insistía queriendo tomarla de un brazo y enseñándole algunos billetes, pero la Niña Licha nada más reía. De pronto intervino Ambrosio.

Mire amigo, esta niña va a bailar conmigo, así que mejor váyase.

El alemán soltó a la Niña Licha, volviéndose asombrado a ver al arriero aquel que se atrevía a correrlo; pero Ambrosio le sostuvo la mirada, el sombrero a media cabeza, la mano distraídamente puesta sobre la cacha de su machete corto. El alemán salió de la cantina fingiendo risa por la aventura, y la Niña Licha dejó de reír.

—¿Quién te mete a vos con mis clientes? Tú no podés gastar lo que gastan ellos.

—Maistro, toque algo en su marimba, que voy a bailar con esta muchacha —gritó Ambrosio.

Hasta el amanecer bailaron. Cuando Ambrosio se despidió para irse a su mesón había gastado todo su dinero, pero se había contratado con la Niña Licha y con la vieja para llevarles al día siguiente la carga de la cantina a la feria de Pueblo Nuevo.

Allí Ambrosio se quedó con ellas ayudándolas a armar el changarro. Había pensado ir a Huixtla a recoger una carga para las fincas cafetaleras, pero tan grande fue la tristeza de la Niña Licha cuando ésta lo supo que él decidió esperar a que acabara la feria en Pueblo Nuevo. De allí pasarían a la del 20 de febrero en Huixtla, y entonces se separaría de ellas para hacer su viaje como lo tenía pensado desde antes.

En Huixtla, la Niña Licha le dijo:

—Vente con nosotros, Ambrosio. Te estamos tomando cariño y bailas muy bonito.

—Tengo que regresar pa la sierra.

—Ya será después. Vente con nosotros hasta Suchiate y luego te regresás pa donde quieras.

—No puedo…

—Lo que pasa es que no me querés y te gusta que te ande rogando. Pero yo te quiero, Ambrosio, y no me importa rogarte. Andá, quedate con nosotras unos diítas, que luego viene el tiempo en que no hay ferias y puedes trabajar.

—Tengo que regresar a Jaltenango…

—¿Te espera allá una muchacha?

Y Ambrosio, sin saber por qué, negó a María la de Jaltenango y siguió con la Niña Licha hasta el Suchiate. Pero algo había cambiado en él, algo muy adentro de su corazón se había entristecido, aun entre la alegría de las marimbas que llenaban las plazas, entre los gritos de los palenques de gallos donde se lucía soltando y entre la risa fresca y constante de la

Niña Licha, que no paraba de bailar y de beber. En Suchiate, un cancionero guatemalteco empezó a enamorar a la Niña Licha, la siguió por la plaza, se instaló en la cantina todo el día y, a cada rato, con un pretexto u otro, hablaba con la vieja. Ambrosio lo vigilaba atentamente y lo descubrió al fin tratando de besar a la muchacha. Sintió algo dentro, algo nuevo, y, sacando el machete, le cortó la cara al cancionero, que se llevó las manos a la herida y las retiró empapadas en sangre. La Niña Licha soltó una carcajada y le dijo:

—Ya te rasguñaron por andarte metiendo donde no te importa.

El cancionero salió de la cantina rumbo al palacio, probablemente en busca de la policía, y quedaron frente a frente Ambrosio y la Niña Licha. Ésta se acercó y lo besó en la boca.

—Andá a San Benito a esconderte —le dijo—. Allá te alcanzaremos.

Ambrosio no soportaba el ocio en la soledad. Pasaron tres días en San Benito, junto al mar tumultuoso, y no parecía la Niña Licha. Tendido en su hamaca pensaba, y sus pensamientos le daban miedo. Se imaginaba a la Niña Licha en brazos del cancionero, en brazos de algún alemán cafetalero o de un turco e, instintivamente, buscaba el machete corto. Al tercer día no pudo más y se regresó a Suchiate. Llegó ya de noche a la plaza. Varias cantinas habían cerrado porque era el último día de la feria y ya escaseaban los parroquianos, pero la de la Niña Licha estaba abierta y llena de gente. Ambrosio entró con el sombrero calado y se detuvo junto a la vieja. Ésta lo vio y soltó una exclamación de sorpresa. La Niña Licha estaba en una mesa haciendo beber a varios parroquianos, entre ellos al cancionero, que llevaba la cara vendada.

—Vete —le dijo la vieja—. Mirá que si te hallan aquí te lleva la policía. La Niña Licha está contentando al que canta pa que no nos molesten.

—No puedo irme —dijo Ambrosio—: tengo que ver a Licha, tengo que estar con ella.

La Niña se levantó de la mesa para traer más bebidas y vio a Ambrosio. Mientras ordenaba las botellas de cerveza en el mostrador le dijo disimuladamente:

—Espérame atrás, orita voy.

Ambrosio se sentó a esperarla en una piedra. Cuando llegó ella, con sus amplias enaguas que barrían el suelo y con su blusa bordada de seda, Ambrosio se levantó y le dijo:

—Ya no puedo andar sin ti, Niña Licha. Te quiero de verdad, como pa casarme contigo...

—¿Pa qué nos casamos? —repuso ella—. Si querés, venite con nosotras ahora que se acaban las ferias. Mi tía tiene algo de haciendas por Soconusco y nos podemos ir pallá.

—Yo tengo dinero, quiero casarme contigo, Niña Licha, porque te quiero de verdad.

—¿Pa qué?

—Porque te quiero de verdad. No me gusta la costa, vámonos pa la sierra; pondremos un negocio en Chiapa de Corzo, donde hay aire limpio.

—No, yo no me puedo ir pa la tierra fría: me moriría. Si me querés, vamos pal Soconusco, y con tus centavos a ver si sembramos algo. Yo tengo una cantinita allí...

—Ésa habría que dejarla.

—¿Pa qué? Deja sus centavos.

—Pero es que yo te quiero de verdad, no pa que trabajes en las cantinas; te quiero pa que estés en mi casa.

En el pequeño claro abierto en la selva había tan sólo una choza de palma con su portalito. Enfrente quedaba el río turbio y lento y, atrás, la selva cerrada y misteriosa donde decían que estaba la hacienda de la tía, pero Ambrosio no llegó a ver en ese tiempo de aguas una sola vaca. Había vendido sus mulas y recogido un dinero que tenía en Huixtla, con lo cual contrató algunos peones y se puso a sembrar maíz. Por las noches bebía con los peones y la Niña Licha en la choza. Al principio bebía poco, pero se le fueron metiendo dentro el ruido de la selva, el calor y la sofocación de los pantanos, y empezó a beber más y más. A veces llegaban marimberos y se organizaba el baile.

—No quiero que bailes con otros —le dijo Ambrosio a la Niña en uno de esos días de baile.

Pero ella tan sólo se rio y siguió bailando cada vez más aprisa. Ambrosio se detuvo un momento. Había bebido mucho y sentía que ya nada le importaba, sentía como si la vida y la muerte fueran una sola cosa, un solo tormento en esa selva empapada. No se pudo contener y, tomando a la Niña Licha de un brazo, la golpeó hasta que la dejó sin sentido en el suelo. Huyeron los peones, calló la música y desaparecieron los músicos; la vieja gritaba y lloraba, la Niña Licha se quejaba suavemente en el suelo. Ambrosio se tiró en la hamaca y lloró, lloró con inmensos sollozos que le rompían todo por dentro, hasta que se quedó dormido.

A la mañana siguiente vio que los peones, comprendiendo que ya no habría francachelas, se habían ido llevándose las herramientas. Ambrosio se sentó junto al río y dejó que pasaran las horas. La Niña Licha llegó a lavar y no le dijo nada, pero lo vio con respeto y con miedo. Había sentido la fuerza del hombre, del que manda, y lo respetaba y, tal vez, lo empezaba a querer.

Regresaron juntos a la choza y allí, sentados en la hamaca, Ambrosio se atrevió a hablar.

—Quiero que me perdones. Estaba borracho anoche. Por eso ya no quiero beber ni que tengas cantina.

La Niña Licha se rio.

—No puedo dejar la cantina: se ganan centavos con ella.

—Vámonos de aquí. Licha, vámonos pa otro lado, al que tú quieras, pero deja aquí a tu tía, deja la cantina.

Se quedaron allí. Cuando acabó el tiempo de aguas nadie se ocupó de cosechar el maíz, que se perdió en el campo. Ambrosio se pasaba el día en la cantina, medio borracho, mientras la Niña Licha reía y bailaba con los clientes. A veces Ambrosio salía y se echaba en la hamaca como un animal ya inútil, y lloraba. Entonces Licha se paraba junto a él y le acariciaba la cabeza para volver a bailar y reír con los parroquianos.

Así llegó el mes de diciembre, cuando empiezan las ferias en la costa; y la Niña Licha y su tía prepararon su carga para irse. Ambrosio le rogó una noche que no fuera, que dejara que la tía se buscara otra muchacha, pero la Niña Licha le contestó:

—Me gustan las ferias: ¿qué querés que le haga?

—Es que ya no me quieres.

La Niña Licha se alejó riendo a preparar sus vestidos de lujo.

Más tarde, la Niña Licha le dijo que él no podría ir con ellas, que debía sacar el ganado de la selva para curarlo, cosa que tan sólo se podía hacer en las secas.

Ambrosio se quedó en la choza con toda la soledad de la selva sobre su corazón. Los primeros días los pasó bebiendo hasta que se acabó el aguardiente que le habían dejado. Entonces se dedicó a abrir trochas en la selva, a buscar el ganado que andaba perdido y a matar venados y tigres. Por las noches se hacía un poco de comida y se tiraba en la hamaca a mascar su angustia y su tristeza. Poco a poco le fueron viniendo las imágenes de la sierra, de la María de Jaltenango, pura y limpia como los arroyos que corrían allá. Un día avanzó hasta un cerro pequeño que había visto y se quedó viendo largamente la sierra abrupta como una barrera entre él y la felicidad, entre él y la limpieza de la vida. Ese día fue a una casa cercana y compró aguardiente, y bebió y bebió hasta quedarse dormido en la hamaca.

Tres días más tarde tomaba el camino de la sierra. No sabía qué iba a hacer sin dinero, sin nada que ofrecerle a la María de Jaltenango, pero tenía que verla para que ella lo limpiara de todas sus impurezas y lo volviera a hacer hombre. Caminó un día y al siguiente se regresó sin haber pasado de Escuintla. Allí oyó hablar de la Niña Licha, que andaba con otro hombre, con muchos hombres. En Pueblo Nuevo le contaron que ella había bailado con todos los alemanes de la feria, prometiéndoles que al que bailara mejor «La Zandunga» se lo llevaría a Huixtla.

De allí se regresó a la hacienda a traer el machete y la pistola que había dejado.

Cuando llegó a la plaza de Huixtla empezaba a oscurecer y en todas las cantinas se encendían las lámparas de petróleo. Las marimbas atronaban el espacio junto a los gritos de los vendedores, el ruido de los bailes y el de las botellas sobre las mesas. Ambrosio recorrió lentamente las cantinas hasta que encontró la de la Niña Licha. Allí estaba ella, bailando y riendo como siempre. Ambrosio metió la mano a su morral y tomó la pistola, la sintió fría y dura en su palma caliente. Así avanzó hasta el centro de la cantina. La Niña Licha lo vio, dejó de bailar y le gritó:

—¡Qué bueno que viniste, Ambrosio: mañana vamos a jugar unos gallos y quiero que tú los soltés!

—Quiero hablarte.

—Nomás que se vayan los parroquianos. Espérame allá atrás.

Y la Niña Licha rio con su risa abierta y alegre. Ambrosio soltó la pistola dentro del morral y pasó al otro lado del mostrador, a esperar.

# CONTENIDO

ESTA EDICIÓN CONMEMORATIVA DE «TRÓPICO» DE RAFAEL BERNAL SE TERMINÓ DE IMPRIMIR EN LA CIUDAD DE BARCELONA EN EL MES DE SEPTIEMBRE DE 2016

· años · vidi · ventos · aliasque procellas ·